교실밖

국어
여행

교실밖 국어여행

1992년 6월 30일 1판 1쇄
2002년 8월 10일 1판 29쇄
2003년 5월 10일 2판 1쇄
2007년 9월 5일 2판 9쇄
2009년 6월 30일 3판 1쇄
2018년 6월 15일 3판 5쇄

지은이 강혜원·박영신·서계현
그림 전지훈

편집 정은숙·서상일   **디자인** 이혜연
제작 박흥기   **마케팅** 이병규, 양현범, 이장열
출력 블루엔   **인쇄** 코리아피엔피   **제본** 경원문화사

펴낸이 강맑실   **펴낸곳** (주)사계절출판사   **등록** 제406-2003-034호
주소 (우)413-120 경기도 파주시 회동길 252
전화 031)955-8558, 8588   **전송** 마케팅부 031)955-8595 편집부 031)955-8596
홈페이지 www.sakyejul.co.kr   **전자우편** skj@sakyejul.co.kr
독자카페 사계절 책 향기가 나는 집 cafe.naver.com/sakyejul
트위터 twitter.com/sakyejul   **페이스북** facebook.com/sakyejul

값은 뒤표지에 적혀 있습니다. 잘못 만든 책은 서점에서 바꾸어 드립니다.
사계절출판사는 성장의 의미를 생각합니다. 사계절출판사는 독자 여러분의 의견에 늘 귀 기울이고 있습니다.
이 책은 저작권법에 따라 보호받는 저작물이므로 무단전재와 무단복제를 금합니다.

ISBN 978-89-7196-899-4 03810

이 도서의 국립중앙도서관 출판시도서목록(CIP)은 e-CIP 홈페이지(http://www.nl.go.kr/ecip)에서
이용하실 수 있습니다. (CIP제어번호: CIP2009001498)

교실 밖

국어
여행

강혜원 · 박영신 · 서계현 지음

사□계절

이 책이 세상에 나온 지 20년 가까이 되어갑니다. 교과서나 참고서가 다하지 못하는 풍부한 국어 이야기들을 담아내려고 이 책을 준비하던 시간들이 바로 얼마 전 같은데 그처럼 오랜 시간이 흘렀습니다.

그 동안 분에 넘치게도 『교실밖 국어여행』이 꾸준히 사랑을 받아왔습니다. 청소년들이 읽어볼 만한 책으로 사람들 입에 곧잘 오르내렸으며, 책을 읽은 분들의 반응도 긍정적이었습니다. 아마도 진정한 국어 교육이 무엇인지 보여주고자 했던 교사들의 열정이 오롯이 담겨있기 때문이 아니었을까 생각합니다.

2003년에 책 내용을 한번 손질한 적이 있습니다. 그때는 어색하거나 잘못된 표현을 바로잡고, 청소년들이 더욱 공감할 수 있도록 바뀐 현실에 맞춰 고치는 작업을 했습니다.

2009년에는 독자들이 더욱 흥미를 갖고 읽을 수 있도록 모양새를 가다듬고, 감수성과 상상력을 주는 그림도 넣었습니다. 또 세월이 지나면서 조금 낡은 느낌을 주는 글들을 솎아냈습니다. 한편 2003년 개정판을 낼 때 당시 현실에 맞지 않는 듯하여 뺐던 글 중에 이번에 다시 넣은 것도 있습니다.

이렇게 가다듬어 다시 독자 여러분을 만나지만 여전히 다하지 못한 그 무엇이 있어 아쉽습니다. 무궁무진한 국어 공부의 세계를, 우리 문학의 그윽한 향기와 의미를, 우리말의 오묘한 아름다움을 풍부하게 담아내지 못했다는 아쉬움이겠지요.

글쓴이들은 이 책이 자랑스럽기도 하고 한편 부끄럽기도 합니다. 하지만 선생님들의 열정과 학생들의 초롱초롱한 눈망울로 보람 있는 국어 시간을 만들어가고, 그렇게 우리 사는 세상이 더 나은 길을 향해 갈 거라는 희망을 품어봅니다.

2009년 6월
글쓴이들

한글을 배우는 국어시간은 삶의 아름다움과 진실을 배우는 열린 마당이어야 합니다. 우리의 생각이 살아 움직이고 꿈이 피어나는, 더불어 사는 삶을 배우는 시간이어야 합니다.

그렇지만 입시와 성적이라는 것 때문에 우리의 국어시간은 일그러지고 절름거리는 이상한 꼴이 되었습니다. 교사는 시험문제를 족집게처럼 찍어주기에 바쁘고, 학생은 어떤 게 시험에 나올 것인가에만 관심을 기울이는 게 서글픈 우리의 현실입니다.

살아 꿈틀거리는 언어가 활발하게 오가야 할 국어시간에도 모두 입을 꼭 다물고, 오로지 시험문제의 답을 책과 공책에 적고, 머릿속에 새겨 넣기에 바쁩니다. 게다가 교과서는 왜 그리 딱딱하고 어렵고 재미없는 얘기로 가득 차 있는지요.

국어를 배우고 가르친다는 것이 그렇게 지루하고 따분해서야 되겠는가, 좀더 재미있게 국어 과목과 만날 수 있는 길은 없겠는가, 좀더 재미있

7

게 우리말, 우리글을 만날 수 있는 길은 없겠는가, 이런 생각이 이 책을 만들게 된 가장 중요한 동기입니다. 재미있고도 쉽게 국어 과목과 관련된 여러 가지 원리와 지식을 익히고, 또 나아가 창조적인 언어 사용에 도움을 줄 수 있는 유익한 책을 만들어보고 싶었던 것입니다.

이 책에는 재미있는 일화를 곁들인 짤막한 이야기들이 쉰 개 남짓 실려 있습니다. 실린 글들은 대개 다음과 같은 원칙 아래 쓰여진 것들입니다.

첫째, 일화 등을 곁들인 재미있고 유익한 내용일 것.

둘째, 단순한 지식의 전달이 아니라, 원리나 사실을 이끌어내는 합리적 사고과정에 초점을 둘 것.

셋째, 교과서에서 강요하는 고정된 틀을 벗어나 넓은 시야로 창조적인 인식과 개방적 사고를 자유로이 펼칠 수 있도록 해주는 내용일 것.

다시 말하면 단순히 지식을 얻는 것이 아니라 창조적으로 생각하고 그 생각을 나타낼 수 있도록 도와주는 재미있고 유익한 글을 싣고자 애썼다는 뜻입니다.

여기에 실린 대부분의 글에는 재미있는 이야기가 곁들여져 있습니다. 그러나 그 이야기에 빠져 그 글이 말하고자 하는 중요한 흐름을 놓치지 않도록 주의하시기 바랍니다. 이야기는 어떤 보편적 원리나 개별적 사실을 재미있게 전하는 데 도움을 주기 위한 것입니다. 어떤 이야기 속에는 현실세계에서 일어날 수 없는 것이 실려있기도 합니다. 예를 들면 귀신이 나오는 이야기 같은 것이 그렇습니다. 하지만 그런 이야기들도 옛 문헌에 전하는 것을 소개한 것일 뿐, 글쓴이들이 꾸며낸 것은 물론 아닙니다.

어떤 글들은 상당히 전문적인 내용을 다루고 있어, 얼핏 보면 어렵다는 느낌을 받을지도 모르겠습니다. 하지만 그런 경우에도 재미있고 쉽게 이야기하고자 노력했으므로 차분히 읽어보면 잘 이해할 수 있을 것입니다.

이 책은 주로 중·고등학교 학생들이 읽도록 만든 것이지만, 한편으로는 교사가 수업시간에 활용할 수 있도록 마음을 썼습니다. 재미있는 이야기, 적잖이 소개된 요즘의 학설, 그리고 새로운 시각으로 문제에 다가가는 방법 등을 적절히 이용하면 수업에 꽤 보탬이 될 것입니다. 교사들을 위해 책의 맨 뒤에 따로 참고문헌을 정리해 놓았습니다.

참다운 국어시간이 온 학교에 가득 찰 날을 손꼽아 기다리면서, 아울러 좀더 알찬 내용을 담은, 좀더 다듬어진 책을 만들어내지 못했음을 부끄럽게 여깁니다. 책을 읽는 여러분의 따뜻한 관심과 따끔한 꾸짖음을 달게 받겠습니다.

끝으로 이 책이 나오기까지 애써준 사계절출판사 여러분께 고마운 마음을 보냅니다.

1992년 3월

글쓴이들

첫째 마당 | 소설과 삶의 진실

셋째 마당 | 체험과 다양한 표현

넷째 마당 | 언어와 인간

첫째 마당

소설과 삶의 진실

야무진 한국 여자들

우리 소설의 여주인공들

한 여자가 있었다. 얼굴도 곱고 마음씨도 착한 이 여자는 음악을 좋아했다. 소리판(레코드)을 사러 소리판 가게에 자주 가다보니 그 가게 주인인 젊은 남자를 사랑하게 되었다. 그러다 이 여자는 죽을병에 걸렸다. 얼마 살지 못할 것이라고 했다. 여자는 죽기 전에 자기 마음을 소리판 가게 주인에게 전하고 싶었다.

그러나 막상 가게에 들러서는 아무 소리도 못 하고 판만 사 들고 나왔다. 가게 주인 남자도 아무 소리 않고 전보다 더욱 정성스럽게 포장을 해주었다. 여자는 판을 집으로 가져와서는 풀지도 않고 그대로 넣어두었다. 다음 날도 소리판 가게에 가서 자기 마음을 얘기하려고 했다. 그러나 말은 못 하고 판만 사 가지고 왔다. 다음 날도 또 다음 날도…….

그러다가 여자는 죽었다. 여자의 방에는 채 포장도 풀지 못한 판이 쌓여 있었다. 가족들은 그 여자의 물건을 정리하며 판을 싼 종이를 풀었다.

풀 때마다 편지가 한 장씩 떨어졌다.

"한 번 만나고 싶습니다. 내 마음을 전하고 싶습니다."

어느 여고생이 들려준 이야기이다. 자기 마음을 털어놓지 못하고 죽은 여자가 불쌍하기도 하고 아름답게 느껴지기도 한다. 좀더 용기가 있었다면 죽기 전에 서로의 마음을 확인해볼 수 있었을 텐데.

그런 생각을 하면서 옛날 우리나라 고대소설의 여주인공들을 생각해본다. 오히려 옛날 여자들이 자기를 확실히 표현할 줄 알고 용기 있게 사랑을 고백했던 것 같다. 이 이야기처럼 망설이다가 죽어간 애달픈 사랑 이야기는 적어도 고대소설에는 거의 없으니까. 자기 표현을 제대로 하고 주장이 있는 여자, 위험이 닥쳐도 곧은 절개를 지키는 여자, 우리나라 여자들이 그렇다.

그 첫 번째 여자가 「이생규장전(李生窺墻傳)」에 나오는 최 처녀이다. 「이생규장전」은 말 그대로 '이 도령이 담 안을 엿보다'라는 뜻으로 김시습이 쓴 소설 『금오신화(金鰲新話)』에 나오는 이야기이다.

김시습(왼쪽)과 그의 저서 『금오신화』(가운데와 오른쪽)

국학에서 공부하다가 집으로 돌아가던 이생이 최 처녀의 집 앞을 지나게 되었다. 이생은 문득 담장 안을 엿보았다. 거기에는 달처럼 아름다운 여자가 수를 놓고 있었다. 이생은 가슴이 두근거렸다. 최 처녀도 매일 그 집 앞을 지나가던 이생을 보았던 모양인지 이생이 담을 엿보는 동안 시를 한 수 읊었다.

봄바람은 불고 꾀꼬리는 울어 마음이 설레는데
내가 한 마리 제비가 되면
담 너머 지나가는 총각에게로 날아가겠네.

이 시를 듣고 이생 역시 시로 자기 마음을 표현한 뒤 담을 넘어 들어간다. 담을 넘은 것은 이생이었지만 먼저 자기 마음을 보여준 것은 최 처녀인 셈이다.

한창 나이의 젊은 남녀가 만났으니 얼마나 꿈 같은 시간일까. 둘은 피어나는 꽃을 보며 이야기도 하고 시도 지었다. 최 처녀는 둘이 보내는 시간의 즐거움을 노래하는데 이생은 나중에 부모님이 아시면 어떻게 하나 걱정을 한다.

최 처녀는 정색을 하고 이렇게 말한다.

"도련님, 나는 도련님을 남편으로 모시고 오래도록 행복하게 살려고 마음먹고 있습니다. 저는 비록 여자의 몸이지만 걱정하질 않는데 도련님은 대장부의 의기를 가지고 어찌 그런 말을 하십니까? 나중에 부모님께 혼나더라도 제가 책임지겠습니다."

요즘 젊은이도 상상하기 힘든 행동이다. 아무튼 이 날의 인연으로 혼인을 약속한 두 사람은 얼마 동안 행복한 시간을 갖는다. 그러나 이생의 부모는 자기 아들이 매일 최 처녀 집에 드나든다는 것을 알고는 아들을 시골에 있는 친척집으로 보낸다. 물론 이생은 아무 소리 못 하고 그곳으로 떠난다.

최 처녀는 자기 운명을 걸고 사랑했건만 이런 시련을 겪게 되자 병이 났다. 최 처녀는 병상에 누워 부모님께 자기 속마음을 솔직하게 이야기해버렸다. 최 처녀의 부모는 하마터면 자기 딸을 죽게 만들 뻔했다며 결혼을 서둘렀고 이생과 최 처녀는 행복한 가정을 꾸리게 된다.

그러나 행복도 잠시, 도적(홍건적이나 왜구를 가리킴)의 무리가 쳐들어와 두 사람은 궁벽한 산골로 피난을 갔다. 어느 날 산골에도 도적이 나타났다. 이생은 달아나고, 부인은 잡혔다. 도적이 부인을 겁탈하려고 하자 부인은 의연한 모습으로 호통을 쳤다.

"이 호랑이 창귀 같은 놈아! 나를 죽여 씹어먹어라. 내 차라리 이리의 밥이 될지언정 어찌 개돼지의 배필이 되어 내 정조를 더럽히겠느냐!"

이생이 피난길에서 돌아와보니 부인은 살아 있었다. 실은 도적의 칼에 맞아 죽었으나 하늘의 허락을 받아 삼 년 동안 남편과 함께 살 수 있게 된 것이었다. 간절한 사랑이 삶과 죽음의 막막한 강을 이은 것이다. 아낌없이 서로를 사랑한 삼 년의 세월이 지나고 부인은 자취를 감추었다. 이생 역시 부인을 그리다가 세상을 떠났다고 한다.

뜨겁게 사랑할 줄 알고 당당하게 자신을 표현하는 여성의 모습, 또 불의 앞에서 호통을 치는 용기 있는 모습, 이런 여성의 모습은 요즘 소설가들도 제대로 그려내지 못하는 모습이다.

이런 여성은 또다른 작품 속에도 살아 있다. 춘향이나 심청 등 고대소설에 나오는 많은 여성들이 용기 있고 절개가 있었으며 아름다웠다. 변학도의 수청을 끝내 거절하고 곤장을 맞으면서도 절개를 지키는 춘향의 모습, 이것은 사랑을 위해서 자기를 지키겠다는 차원을 넘어 옳지 못한 권력에 맞선 용기 있는 행동이기도 하다. 아버지를 위해 인당수에 몸을 던진 심청의 행동 역시 그렇다. 다른 이의 행복한 삶을 위해 자신을 바치는 성인의 마음을 가진 것이다.

우리는 대개 여자라면 이러이러해야 한다는 고정관념을 가지고 있다. 남자에게 순종해야 하고, 다소곳해야 하고, 결혼 신청도 먼저 하면 안 되고……. 그러나 고대소설에 나타난 우리네 여성들은 얼마나 적극적인가. 사랑에만 그런 것은 아니었다. 용기를 내야 할 때 용기를 내고, 죽음 앞에서도 결코 무릎을 꿇지 않았다.

우리 어머니, 할머니들을 보라. 숱한 고난의 역사를 겪으면서도 꿋꿋하게 서서 우리를 지켜주지 않는가. 그 여성의 힘이 있기에 인간은 지탱되는 것이다.

벌거벗고 말타기놀이 하는 춘향과 몽룡

고전 속에 나타난 옛 사람들의 애정 표현

춘향과 도련님이 마주 앉아 놓았으니 그 일이 어찌 되었겠냐. 저녁 햇
빛을 받으면서 삼각산 제일봉 봉학이 앉아 춤추는 듯, 두 팔을 둥글게
펴 들고, 춘향의 섬섬옥수 받들 듯이 거머잡고, 의복을 교묘하게 벗기
는데, 두 손길 썩 놓더니, 춘향의 가는 허리를 덥석 안고,

"치마를 벗어라."

춘향이가 처음 이럴 뿐 아니라, 부끄러워 고개를 숙여 몸을 틀 제······.

― 완판본 『열녀 춘향 수절가』에서

언뜻 보면 삼류 대중소설에나 나올 법한 이 장면은 바로 우리 고대소설
중 가장 뛰어난 작품으로 평가받는 춘향전(춘향전은 약 100여 종의 많은 이본이
있는데 여기서는 가장 내용이 풍부하고 문학성이 있다고 평가되는 완판본 『열녀 춘향 수절
가』를 이용한다)에서 춘향과 이 도령이 첫날밤을 지내는 장면이다. 어려운

옛말을 알기 쉬운 현대어로 바꿨을 뿐, 원전 그대로 인용한 것이다.

우리가 배우는 교과서에는 물론 이런 야한 장면이 나오지 않는다. 대체로 교과서에는 춘향이 변 사또에게 모진 닦달을 당하면서도 굳게 절개를 지키는 장면이 실려 있다. 따라서 우리는 절개 높고 품행이 단정한 춘향을 떠올릴 뿐, 앞에 인용한 장면에 나오는 것과 같은 야한 춘향은 생각도 하지 못한다. 즉 우리는 자신도 모르는 사이에 춘향에 대한 어떤 고정관념을 갖게 된 셈이다. 이런 고정관념 때문에 웃지 못할 사건 하나가 벌어진 적이 있다.

일본에 사는 우리 동포 하나가 서점에 들렀다가 일본어로 번역된 춘향전을 펼쳐보았다. 민족의 사랑을 듬뿍 받는 모국의 대표적 고전이 외국어로 번역된 것을 해외에서 본 그 동포의 심회야말로 얼마나 감개무량한 것이었겠는가. 그러나 그 동포는 책을 몇 장 뒤적이다가 경악하게 됐고, 놀라움은 이내 민족적 분노로 이어졌다. 그럴 수가 없었던 것이다. 그 책은 춘향을 음탕하고 바람기 넘치는 여자로 만들어놓고 있었다. 민족의 절개, 춘향이를 이렇게 만들어놓다니! 동포의 가슴은 분노로 불타올랐다.

그는 즉시 고국의 유력한 일간 신문인 ㅈ일보에 이 사실을 알렸다. ㅈ일보는 대문짝만한 기사를 냈다. 돈에 눈이 멀어서 절개의 상징 춘향을 음란한 여자로 둔갑시킨 책을 외국에 팔아먹은 애국심 없고, 비양심적이며 무지한 자들을 통렬히 꾸짖는 기사였다. 그 기사를 읽은 우리 국민들의 분노가 대단했음은 물론이다.

그러나 그 일본어판 춘향전은 원문을 그대로 충실하게 번역했을 뿐이라는 사실이 이틀도 안 돼 밝혀졌다. 독자들의 흥미를 끌어 책을 더 팔아먹으려고 거짓으로 꾸며낸 게 아니었다. '무지한 자'들은 책을 낸 사람이 아니라, 오히려 그 동포와 ㅈ일보 기자들이었다. 그들은 한 번도 우리의 대표적 고전소설인 춘향전을 원전 그대로 읽은 적이 없었던 것이다.

춘향과 몽룡이 사랑을 나누는 장면으로 다시 눈을 돌려, 옛 사람들의 애정 표현이 어떠했는지를 좀더 살펴보자.

"춘향아, 우리 둘이 업음질이나 하여보자."

"애고, 참 망측해라. 업음질을 어떻게 해요?"

"업음질 천하에 쉽다. 너와 내가 홀쩍 벗고, 업고 놀고, 안고도 놀면 그게 업음질이지."

"애고, 나는 부끄러워 못 벗겠소."

"에라, 요 계집애야. 안 될 말이로다. 내 먼저 벗으마."

(······)

"애, 춘향아, 이리 와 업히거라."

춘향이 부끄러워하니,

임권택 감독의 영화 〈춘향뎐〉의 한 장면

"부끄럽기는 무엇이 부끄러워. 이왕에 다 아는 바이니, 어서 와 업히거라."

춘향을 업고 추기면서,

"어따, 그 계집아이 똥집 장히 무겁다. 네가 내 등에 업히니까 마음이 어떠하냐?"

"한끗나게 좋소이다."

장난기 넘치는 이몽룡은 업기놀이로 만족하지 않고, 드디어는 말타기놀이까지 하자고 한다. 춘향은 몽룡의 이런 음탕한 장난질을 부끄러워하면서도 선선히 따라 한다.

"춘향아, 우리 말놀음이나 좀 하여보자."

"애고, 참 우스워라. 말놀음이 무엇이오?"

"천하에 쉽지. 너와 내가 벗은 김에, 너는 온 방바닥을 기어다녀라. 나는 네 궁둥이에 딱 붙어서 네 허리를 잔뜩 끼고 볼기짝을 내 손바닥으로 딱 치면서 '이리' 하거든, '히힝'거려 퇴김질로 물러서며 뛰어라."

이팔청춘 두 젊은이의 사랑놀음은 끝이 없다. 이팔청춘 어린 나이에 맺어진 사랑이라서, 천진스럽게 업기놀이나 말타기놀이를 하며 노는 건지도 모르지만, 또 그만큼 순수하고 꾸밈이 없는 사랑이기도 하다.

우리는 옛날 사람들이라면 무조건 '목에다 힘을 잔뜩 주고, 뒷짐진 채 헛기침이나 하는 고리타분한 사람들'로 오해하기 쉽다. 그러나 고전 속에 나타난 옛 사람들의 모습은 대체로 낙천적이며 해학적이다. 특히 사랑을 나누는 모습은 다분히 현세지향적이어서 은근하면서도 유쾌하고 거침이 없다. 격식과 체면의 허울을 벗어던지고 꾸밈없는 사랑을 뜨겁게 주고받는다. 그렇다고 난잡하거나 천박하지는 않다. 뜨거운 애정을 표현할 때도 은근한 기품이 배어 있다. 춘향과 이 도령이 사랑을 나누면서 부르는 다음 노래에서, 우리는 옛 사람들의 뜨겁고도 품격 어린 애정 표현을 확인할 수 있다.

> 너는 죽어 명사십리 해당화가 되고
> 나는 죽어 나비 되어
> 나는 네 꽃송이 물고
> 너는 내 수염 물고
> 춘풍이 건듯 불거든
> 너울너울 춤을 추고 놀아보자.
>
> — 완판본 『열녀 춘향 수절가』 중 「사랑가」에서

이빨 뽑힌 사람, 옷 벗긴 사람

설화의 소설화 과정

장안의 한 소년이 경주에 사는 아름다운 기생에게 홀딱 반했다. 이별에 즈음하여 기생은 믿음을 약속하는 물건으로 몸에서 한 부분을 떼내어주길 바랐다. 소년은 머리를 잘라주고 또 이를 뽑아 기생에게 주고 서울로 돌아왔다. 뒷날 그 기생이 다른 남자와 좋아 지낸다는 말을 듣고 심부름꾼을 보내 이빨을 돌려달라고 하니 그 기생은 남자의 이가 든 주머니 하나를 던져주며 소년을 비웃었다.

기생을 아주 낮추보는 노 문관이 경차관(敬差官)으로 경주에 이르렀다. 부윤과 기생이 짜고 노 경차관을 시험해보려고 어린 기생을 촌부로 변장시켜서 경차관에게 접근시켰다. 경차관은 그녀에게 홀려 밤마다 사랑을 나누었다. 어느 날 남편(관가 노비가 남편으로 위장)이 들이닥치자 당황한 경차관은 벗은 몸으로 쌀뒤주에 숨었다. 결국 남녀는 쌀뒤주를 동헌에까지 끌고 가서 경차관은 많은 사람이 보는 앞에서 크게 망신을 당했다.

앞의 '발치설화(拔齒設話 : 이빨 뽑은 이야기)'는 『태평한화골계전(太平閑話滑稽傳)』에, 뒤의 '미궤설화(米櫃說話 : 쌀궤 이야기)'는 『동야휘집(東野彙輯)』에 전하는 설화이다. 이 이야기는 고대소설 『배비장전』에서 그대로 찾아볼 수 있다.

『배비장전』은 판소리 각본을 소설화한 것으로 '평민문학의 성격을 띤 풍자소설의 백미'라고 평가되고 있다. 설화에서는 양반들이 우스운 인물로 등장하지만 『배비장전』에서는 비장이라는 중인계급의 위선적인 생활을 풍자하고 있다. 실제 일반 백성들을 수탈하는 주역은 이들이 맡아 했기 때문인지도 모른다.

『배비장전』의 줄거리를 한번 보자.

기생 애랑은 제주도의 명기이다. 애랑은 정 비장의 수청을 들던 기생이었는데 새 사또가 부임하여 정 비장과 헤어지게 된다. 뭍으로 가는 정 비장과 그를 전송하는 애랑의 모습은 배꼽을 쥐고 뒹굴 정도로 해학적이다.

먹고살 일을 걱정하는 간드러진 애랑의 목소리에 정 비장은 인삼, 고기, 비단 등 자기가 가지고 가려던 온갖 진기한 물건을 내놓는다. 애랑은 이에 만족하지 않고 노리개를 빼앗고 갓두루마기를 빼앗는다.

"낙엽은 소슬하고 창문 밖에 서리 내릴 때 밤낮으로 적막한데 갓두루마기 한 자락 덮고 한 자락 머리에 베면 나리 품에 누운 듯 푸근할 것입니다."

거짓 눈물을 짜내고 아양을 떠는 애랑에게 정 비장은 가지고 있던 것을 하나하나 빼앗긴다. 마침내 정 비장은 '알비장'이 된다. 이런 정 비장에게 애랑이 하는 말,

"마주 앉아 서로 보고 당싯당싯 웃으시던 앞니 하나 빼어주오. 백옥합에 넣어두고, 눈에 암암 귀에 쟁쟁 임의 얼굴 보고 싶은 생각나면 종종 내어 설움 풀고, 소녀 죽은 후에라도 관구석에 가져가면 합장일체 아니 될까."

이렇게 해서 정 비장은 이빨까지도 뽑히게 된다. 이빨을 받은 뒤 애랑은 정 비장의 상투와 씨주머니까지 달라는 황당한 주문을 하지만 그것은 이루어지지 않는다.

그때 마침 새 사또를 따라오던 배 비장이 이 꼴을 보고 흉을 보며 "나는 만고절색이 와도 까딱 안 했다."고 큰소리를 쳤다. 사또는 그 말을 듣고 배 비장을 훼절시킬 재주가 있는 사람에게는 상을 내리겠노라고 했다. 이에 애랑은 사또와 짜고 촌부로 변장하여 배 비장을 유혹하기로 한다. 어느 마을을 지나던 배 비장은 한 여자가 목욕하는 모습을 보고 홀딱 반해버린다. 물론 그 여자는 애랑이었다. 그런 줄도 모르고 배 비장은 이 여자를 찾아가 사랑을 나눈다.

그러던 중 남편이 들이닥쳤다는 말에 놀란 배 비장은 쌀궤에 숨게 된다. 옷을 벗은 채였다. 남편으로 변장한 사또의 하인은 배 비장을 골려주느라 온갖 장난을 다 친다. 그러고는 이 궤짝을 사또가 있는 동헌으로 가져간다.

궤짝을 바다에 빠뜨린다는 이야기를 듣고 배 비장은 소리소리 지르다가 궤짝을 열어주자 헤엄치는 모양으로 정신 없이 나오는데 마당 가득 모

인 사람들이 그 꼴에 웃음을
터뜨리고 배 비장은 큰 망신
을 당한다.

이처럼 『배비장전』은 정
비장과 애랑의 이야기가 앞부
분을 이루고 배 비장과 애랑의
이야기가 뒷부분을 이룬다. 앞
의 두 설화를 적절하게 짜맞추어
재미를 곁들이고 비약시킨 것을
알 수 있다. 그러나 앞의 정 비장과 애랑의
이야기는 설화보다 훨씬 과장되어 있다. '발치설
화'가 실제 있었던 일에서 소재를 구한 것이라면 머
리카락을 잘라주는 정도는 현실에서 가능하다. 그러나 설화에서는 이까
지 뽑아달라고 요구한 것으로 비약이 되고, 『배비장전』에서는 이를 뽑고
옷까지 벗어 벌거벗게 만들고 상투와 씨주머니까지 요구하는 등 과장되
어 있다.

뒷부분의 배 비장 이야기는 '미궤설화'와는 큰 차이가 없다. 이 '미궤설
화'의 근거가 되는 실제 이야기 두 가지가 전해진다. 하나는 전주 지방을
돌던 어사 이야기로 어사가 밤을 틈타 검은 두루마기를 입고 촌부와 구경
을 나갔다가 사또에게 들켜 망신을 당한 이야기이다. 여기서는 '미궤설
화'나 『배비장전』처럼 옷까지 벗은 이야기는 없다.

또 하나는 이와 비슷한 이야기로 안렴사(안찰사)가 기생에게 속아 망신

을 당한 이야기가 있지만 옷을 벗은 채 여러 사람 앞에서 욕을 당한 정도
는 아니다. 그러므로 『배비장전』의 뒷부분 이야기는 허장성세를 일삼는
양반에게 흔히 일어날 수 있는 이야기가 살이 붙어 여러 사람 앞에 벌거
벗은 채 망신을 당하는 이야기로까지 발전된 것이다.

이처럼 실제 이야기에서 몇 단계의 비약을 거쳐 설화가 되고 설화에 몇
단계의 비약을 거쳐 소설로 변화, 발전되는 것을 통해 설화의 소설화 과
정을 살펴볼 수 있다. 우리가 잘 아는 『흥부전』도 그 근원설화는 '방이설
화'로 착한 형과 못된 아우의 이야기가 몇 단계 발전된 것이며, 『심청전』
의 근원설화로 알려진 '효녀지은설화'도 역시 『삼국유사』에 실려 있다.

여러분들이 학교 생활에서 겪는 재미있는 이야기들도 입에서 입으로 전
해지다가 좀더 살이 붙고 잘 짜여져 소설이 될 수도 있을 것이다.

'내'가 처녀 귀신이라면

소설의 시점

입에서 입으로 전해 내려오는 옛날 이야기는 이야기를 해주는 사람이 늘 변한다. 눈 오는 밤, 따스한 화로에 군밤을 구우며 할머니가 구수하게 이야기를 하기도 하고, 시골 장터에서 장사하는 사람이 이야기를 해주기도 한다. 또 잠 안 자는 아이를 안고 어머니가 해주기도 한다. 같은 이야기라도 이렇게 이야기꾼이 바뀌면서 조금씩 더하거나 빼거나 달라지기도 한다.

이야기꾼을 한자어로 화자(話者)라고 한다. 옛날 이야기나 옛 소설은 이야기를 들려주는 사람이 이야기 밖에 있다. "옛날에 순이와 돌이가 살았는데." 하는 식이다. 가령 주요섭의 소설 「사랑 손님과 어머니」에서 "나는 금년 여섯 살 난 처녀애입니다. 내 이름은 박옥희이구요."라고 한 것처럼 이야기를 해주는 듯이 들리는 '나'라는 사람이 이야기 속에 들어가지는 않는다.

이야기를 해주는 것처럼 느껴지는 사람이 어디에 있느냐를 따져 우리는 시점(視點 : 이야기를 보는 지점)이라는 말을 쓴다. 이야기꾼이 얘기 밖에 있느냐, 얘기 속에 등장하느냐, 밖에 있더라도 이야기를 다 아는 듯이 쓰느냐 아니면 관찰하듯 쓰느냐, 안에 있더라도 주인공이냐 아니냐에 따라 또 나누어진다. 현대소설에서 시점은 옛날 소설처럼 늘 이야기 밖에 있지는 않다. 마치 작가 자신이 소설 속에서 이야기하는 것 같기도 하고 하늘에서 바라보듯 이야기하기도 한다.

옛날 이야기 한 편을 읽고 시점의 문제를 좀더 생각해보자.

옛날에 아래윗집에 처녀 총각이 살고 있었대. 김 정승네 김 낭자, 이 정승네 이 도령. 두 사람이 열댓 살쯤 되었을 때, 말하자면 이팔청춘인 때였어. 정승네 딸이 좀더 조숙해서인지 정이 더 많아서인지 그만 이 도령을 사모하게 된 거야. 초당에 들어앉아 보라는 책이나 볼 일이지 과년한 처녀가 이 정승네 도령을 사모하여 정을 억제 못 하고 훌쩍 담을 넘어 이 도령 방에 떡하니 와서 서 있네. 야, 이런 변고가 있나? 이 도령이 한참 생각하다가 훈계를 했대.

"양반의 도리로 어찌 이런 행동을 하시오? 여자가 월담하여 남자 방을 틈입하다니. 남자 방을 찾아다니는 여자를 누가 정숙하다 하리. 회초리가 있으니 맞으시오."

찰싹, 찰싹, 찰싹. 석 대를 맞고 돌아온 처녀는 이 도령이 밉기도 하고 그립기도 하고 분하기도 하고 갈래갈래 마음속을 헤매다가 끝내 죽고 말았네그려. 처녀가 죽었다고 하니 이 도령 심정이 오죽할까. '허 참, 내가 너무 과했던가?' 이러고 있는데 살며시 문이 열리고 죽은 여자가 들어오는 게 아닌가.

"호호호호, 깔깔깔깔. 아이구, 도련님 여전히 공부하고 계시는군요." 하면서 밤새 이 도령 목을 껴안고 입을 맞추며 못살게 구는 것 아닌가. 밤이면 밤마다 이러니 이 도령은 빼빼 마르게 되었지.

결국 이 도령은 절로 피해 갔는데 귀신이 그곳은 못 찾았는지 나타나질 않았어. 살도 찌고 살맛난 도령이 내일이면 집으로 가야겠다 생각하고 있는데 그 날 밤 또 그 귀신이 나타나는 것 아닌가.

"아이고, 호호호호, 깔깔깔깔. 어디 가셨나 했더니 여기 계셨네요."

이 도령은 밤새 시달려 또 얼굴이 반쪽이 되었지.

다음 날 이 절의 중이 도령의 꼴을 보고 웬일이냐고 물었어. 높디높은 산 위에 올라가 이러저러한 속사연을 털어놓으니 이 중 하는 말이 이래.

"야, 이 미친놈아! 굴러온 밥을 그리 회초리질 하면 어떡하나? 제 발로 들어와 죽자사자 사랑한다는 여자한테 회초리질이야? 에라, 이놈아! 내 말 좀 들어봐라. 내가 한번은 동냥을 갔다가 평소에 맘 찍어둔 처녀가 동냥을 주러 나오기에, 쌀 동냥말고 손목 동냥 좀 다오 하며 좀 완력으로 나서려고 하니, 아, 이게 글쎄 앙칼지게 나오네그려. 그래서 그냥 입막음하려고 칼로 찌르고 도망온 나야. 그래도 이렇게 시치미 떼고 잘 살고 있다만. 나 같으면 회초리가 뭐냐, 어서 오십시오지. 바보같이 그 여자를 왜 죽여서 이 고생이냐? 쯧쯧."

"아니, 동냥 주려던 그 처녀가 불쌍하지도 않아?"

"불쌍하기는, 나하고 살면 될 것을 그 짓을 하니 죽어도 싸지. 으아아악!"

마지막은 죽는 소리였어. 분노한 도령이 이 땡추중을 발로 차서 절벽 아래로 굴려버린 거야. 이래저래 우울한 기분으로 집에 와 누워 있으니 그 날 밤 처녀 귀신이 또 오는데, 이게 웬일이야? 글쎄 귀신이 둘씩이나 오네. 하나도 힘든데 둘이라니.

두 귀신은 한참을 싸우더니 그 중 한 귀신이 이웃집 처녀 귀신을 올라타고 이렇게 말하는 거야.

"나는 죽은 땡추중한테 동냥 주려던 그 처녀다. 성가시게 하지 말고 그만 썩 물러가라."

이렇게 해서 이 도령은 그 뒤로 귀신한테 시달리지 않고 잘 살았단다.

자, 이 옛날 이야기는 이야기를 해주는 사람이 이야기 속의 등장인물은 아니다. 또 등장인물들의 속마음을 다 알고 있다. 이런 이야기의 시점을 전지적 작가 시점이라고 한다. 옛날 이야기는 대부분 이런 식이다.

만일 이 옛날 이야기를 소설로 바꾸어본다면 쓰는 사람에 따라 다른 시점을 택할 수 있을 것이다.

"문을 열고 들어온 여자는 이웃집 김 낭자였다. 나는 너무나 놀라 자리에서 벌떡 일어났다."

이렇게 도령이 이야기를 끌어나가도록 한다면 일인칭 주인공 시점일 것이다. 그리고 이 도령의 마음의 세계도 실감 있게 그릴 수 있다. 그렇다고 이야기 속의 '나'인 이 도령이 글 쓰는 사람은 아니다. 이야기꾼이 곧 작가는 아니니까.

"나는 이웃집 이 도령을 처음 본 순간 마음이 흔들렸다. 그를 첫눈에 사랑하게 된 것이다. 이 마음을 어떻게 전해야 할까?"

이처럼 김 낭자가 '내'가 되어 이야기를 해나가면 이 이야기는 김 낭자의 처지를 이해하는 방향으로 나갈 것이다. 주인공이 김 낭자가 되도록 이야기가 바뀔 수도 있다. 읽는 사람의 입장에서는 끝 부분이 무척 비극적으로 느껴질 만하다.

땡추중이나 동냥 주던 처녀가 이야기꾼이 되기는 쉽지 않다. 그렇다면 얘기 내용이 확 바뀌어버려야 할 테니까.

이렇게 시점은 이야기꾼이 이야기를 끌어나가는 이야기 방법(서술방법)이기도 하며 어떤 시점을 택하느냐에 따라 글의 주제도 달라진다. 시점에는 지은이의 사상까지 담겨 있는 것이다.

앞의 이야기는 귀신에게 시달리다가 다른 귀신의 원수를 풀어준 이 도령의 행동을 긍정적으로 그리고 있다. 그러나 처녀 귀신의 처지에서 즉 '내'가 처녀 귀신이라면 이루지 못한 사랑의 슬픔을 이야기하게 되지 않겠는가.

소설을 읽을 때 작가가 어떤 이야기꾼이 되느냐에 따라 나타내고자 하는 주제도 조금은 달라질 것이고 이야기하는 방법도 달라질 것이다.

* 앞에 나온 옛날 이야기는 『감기 걸리면 왜 콧물이 나오나』(최래옥)에 실린 이야기를 조금 다르게 꾸며본 것이다.

한 방에서 자다가 벼룩에 물린 두 사람

친일 작가 이광수

두 사람이 같은 방에서 잠을 자고 있었다. 그들은 서로 잘 모르는 사이였는데 어쩌다 같은 방에 든 것이다. 곤히 자고 있는데 벼룩 한 마리가 톡톡 튀어올랐다. 벼룩은 한 사람에게 다가가 피를 빨았다. 그리고 조금 있다가 또다른 사람을 물어 피를 빨았다.

두 사람은 몸이 따가워 잠에서 깼다.

"이거, 벼룩에 물렸네."

"나도 물렸네그려."

두 사람은 이불을 들치고 벼룩을 찾아냈다. 딱 한 마리뿐이었다.

"이 한 마리가 우리 둘의 피를 빨았단 말이지. 내 피를 빨고 그 피가 묻은 상태에서 자네 피를 빨았군. 거꾸로일 수도 있고."

"어허, 그럼 우리는 피가 통했네."

"맞아. 우린 한 핏줄이나 다름없어."

36

이렇게 벼룩이 한 사람의 피를 빨고 또다른 사람의 피를 빨았으니 앞에 물린 사람의 피는 다른 사람에게 전해질 것이고 둘은 피가 통할 것이다. 이러니 두 사람은 한 핏줄이나 다름없다.

이 이야기 뒤에는 우리 민족과 일본이 같은 방에 자다가 벼룩에 물린 것과 같으니 일본과 우리는 한 형제나 다름없다는 말이 따른다. 1930년대 말부터 1940년대 초에 걸쳐 '내선일체(일본과 조선은 하나)', '황국신민' 등을 떠들던 친일작가 이광수가 억지스레 지어낸 이야기이다.

이광수, 우리 문학사를 배울 때마다 듣는 이름이다. 최남선과 함께 우리 현대문학사를 개척한 공로자로 평가되고 우리나라 최초의 장편 현대소설 『무정』을 발표한 이 사람이 그처럼 엉뚱한 이야기를 했단 말인가.

이광수는 1892년에 태어나 6·25 때 납북되었다. 1909년 우리나라 최초의 현대소설로 알려진 단편 『사랑인가』를 썼고, 1917년에는 우리나라 최초의 장편 현대소설 『무정』을 〈매일신보〉에 연재하며 선풍적인 인기를 얻었다. 그 뒤 『마의태자』, 『단종애사』, 『흙』, 『유정』, 『사랑』 같은 작품을 발표하며 우리나라 최고의 작가로 이름을 떨쳤다. 그런 그가 우리 민족과 일본을 같은 방에서 자다가 벼룩에 물린 두 사람에 비유한 것이다.

그는 한때 민족독립을 부르짖는 인사로서 조선 젊은이들의 존경을 받기도 했다. 3·1 운동 직전 일본 유학생들이 참가한 2·8 독립만세 때의 선언서도 그가 기초하였으며 상해로 건너가 임시정부에서 활약하기도 했다. 귀국한 후 그는 동아일보 편집국장, 조선일보 부사장을 지내기도 했는데 일제의 군국주의 정책이 노골적으로 드러나던 30년대 후반부터는 그도 역시 노골적인 친일 활동을 펼친다. 일제가 창씨개명 정책을 펼칠

때에는 가야마 미쓰로(香山光郎)이라고 이름을 고치고 일본 옷을 입고 다닐 정도였다고 한다.

그렇다면 열렬한 애국지사가 일제의 탄압으로 고초를 겪다가 친일 활동을 시작한 것일까? 어쩔 수 없이? 그런 것은 아니다. 우리 문학사에서 그 이름을 뺄 수 없을 만큼 많은 업적을 남기고 활발한 활동을 했던 그의 작품을 한 편 읽다보면 그가 자기 뿌리를 잃고 친일을 할 수밖에 없었구나 하는 생각이 든다.

『사랑인가』는 이광수의 문학적 출발이 되는 작품이다. 일본과 을사조약을 맺은 지 4년 뒤, 이른바 한일합방을 1년 앞둔 때 일본 메이지 학원 동창회보에 일본어로 쓰여진 작품이다. 문길이라는 주인공이 미사오라는 일본인 소년을 사랑한다는 줄거리가 전부이다. 일본 소년에 대한 맹목적인 동경과 사랑! 그럴 수도 있다고 치자. 그러나 민족의 운명이 바람 앞의 등불 같던 시기에 쓴 작품이 고작 그것이어야 할까.

1930년대, 1940년대의 이광수는 '李狂獸(미칠 광, 짐승 수)'라고 할 만큼

이광수와 최남선 등은 조선의 학생들에게 일본의 군인이 되어 2차 세계대전에 참전할 것을 독려했다. 사진의 가운데가 이광수다.

친일파가 되었다. 일본을 내 나라로 생각해야 한다는 둥, 천황이 조선 백성을 일본 민족과 똑같이 인자함으로 대하는 줄을 깨닫지 못했다는 둥, 조선과 일본은 하나라는 이야기를 앵무새처럼 하고 다녔다. 젊은이들에게는 천황에게 충성을 다하기 위해 천황의 군대에 가야 한다며 학도병에 나갈 것을 열렬하게 권했다.

여러분은 정신대에 끌려가 고초를 겪은 우리나라 처녀들의 이야기를 텔레비전에서 본 적이 있을 것이다. 그들은 수십만 일본 군인들의 성적 노리개가 되어 몸과 마음이 병들었다. 전쟁터에서 비참하게 죽어간 여자들도 있다. 정신대로 끌려가 3년 동안 종군위안부 생활을 하다 만신창이가 된 몸으로 돌아온 뒤 결혼도 못 하고 식모살이로 평생 살아왔다는 어느 할머니의 이야기는 우리 마음을 아프게 한다. 어린 소녀들은 군수공장에 보내져 굶주림 속에서 일해야 했다. 꽃다운 청년들이 일본군으로 끌려가 전쟁터에서 죽어갔다. 노무자로 끌려가 영영 돌아오지 못한 동포들도 있다.

이런 처절한 이야기가 역사 속에서 꿈틀거리는데 자기 하나의 안일을 지키기 위해 추악한 친일 행태를 저지른 사람들을 우리는 그냥 지나쳐서는 안 된다. 아무리 "그때는 어쩔 수 없었다."고 변명한다 해도 그들의 죄를 씻을 수는 없다. 분명한 것은 진실한 삶을 살지 못한 작가의 작품 역시 훌륭한 작품이 될 수 없다는 것이다.

이광수뿐 아니라 김동인, 노천명, 모윤숙, 주요한, 서정주 등 우리가 잘 아는 작가들 모두 일제 말기에 친일문학을 씀으로써 씻을 수 없는 오점을 남겼다.

1945년 1월 이광수는 해방되기 몇 달 전 이런 작품을 썼다.

아아, 조선의 동포들아 / 우리 모든 물건을 바치자 / 우리 모든 땀을
바치자 / 우리 충성에 불타는 머릿속을, 심장을 바치자 / 동포야, 우리
들 무엇을 아끼랴 / 내 생명에서 나온 것이라고 말하지 말지어다 / 내
생명 그것조차 바쳐올리자. 우리 임금님께 / 우리 임금님께

-「모든 것을 바치리」 중에서

　해방 후 이광수는 또 자신의 과거를 뉘우친다고 "눈물을 흘리며 나의
고백을 쓴다."고 했으나 그 눈물을 어찌 믿으랴. 눈물을 흘리며 천황에게
충성을 맹세하고, 감격에 떨며 조선의 젊은이를 일본 군대로 내몰던 그가
해방 후 또 눈물을 흘리며 참회했다니…….
　우리 민족과 일본을, 한 방에서 자다가 벼룩에 물려 한 핏줄이 된 두 사
람에 비유할 만치 이광수는 민족정신과 역사의식이 없었고, 그랬기에 그
는 역사의 격동기마다 휘청거렸던가보다.

두 개의 사랑 이야기

이광수의 『사랑』과 황순원의 「소나기」

사랑이란 뭘까? 어떤 마음을 사랑이라고 하는 걸까? 사랑을 하게 되면 그 사람은 어떻게 변할까? 진정한 사랑은 뭘까? 철이 나고 세상에 대해 조금 알게 되면서부터 우리 마음에는 이런 물음이 자리잡는다.

인간의 사랑은 그것이 어떤 사랑이든, 즉 남녀 사이의 사랑이든 어머니의 사랑이든 이웃 사랑이든 소중한 것이다. 그렇기에 우리가 지금까지 읽었던 많은 문학작품들이 사랑이라는 주제를 다루고 있는 것이다.

제목 자체가 '사랑'인 소설도 있다. 이광수가 쓴 작품이다. 작가 나름대로는 진정한 사랑이 무엇인가를 추구했겠지만 절름발이 사랑을 보는 것 같아 가슴이 아프다.

간호원 석순옥과 의사 안빈, 순옥의 남편 허영 사이에 빚어지는 사랑 이야기가 작품의 뼈대를 이루는 내용이다. 석순옥은 의사 안빈의 간호원이 되어 그와 가까이 생활하며 연구를 돕는다. 순옥은 자신의 온 마음을 다해 안빈을 사랑하지만 그것은 정신적인 고결한 사랑이다. 이러한 순옥을 사랑하는 허영. 그는 어쩌면 순옥을 사랑하는 것이 아니라 순옥의 육신을 사랑하는지도 모른다. 이런 것을 알면서도 순옥은 안빈을 향한 자기 마음을 지키고자 허영과 결혼한다. 허영이 다른 여자를 만나 바람을 피우지만 순옥은 너그러이 그를 용서한다. 허영이 나중에 병들어 허덕일 때 순옥은 정말 천사 같은 마음으로 사랑을 베푼다.

이 소설에는 재미있는 이야기가 하나 곁들여져 있다. 안빈이 연구주제로 삼는 피에서 발견되는 두 요소에 관한 것이다. 사람이 정말 순결한 사랑, 즉 신만이 할 수 있는 고결한 마음을 가질 때 성인의 피에서나 볼 수 있는 아우라몬이라는 물질이 검출되고, 감정적이고 욕망에 가득 찬 사랑을 느낄 때면 피에서 아모로겐이라는 물질이 검출된다는 이야기이다.

이것이야말로 사랑을 왜곡하는 것이 아닐까. 인간의 사랑, 이성 간의 사랑을 부정하는 것이나 다름없기 때문이다. 만일 사랑이란 것을 정신적인 것, 육체적인 것으로 나눠, 이것은 신성하고 저것은 추악한 것이라는 식으로 생각한다면 우리 어머니, 아버지의 사랑은 무어라 설명할 것인가. 사람이 사랑하고 자식을 낳는 것 자체가 부정하다는 얘기밖엔 안 된다.

작가가 숭고한 사랑을 부르짖고 있지만 '아, 정말 순옥과 안빈의 사랑이 숭고하구나.' 하는 느낌은 없다. 자기가 사랑이라고 여기는 것을 지키기 위해 사랑하지도 않는 사람과 결혼한 순옥의 모습은 또 다른 사랑을 파괴하는 것이다.

그렇다면 사랑은 무엇일까. 사랑은 육체적인 것이다, 정신적인 것이다라고 나눌 수 없다. 물론 인간에게는 사랑이 없는 생리적 욕구가 있고 상대방을 존중하지 않고 제멋대로 하려는 일그러진 애정이 있다. 이런 것은 다 사랑이 아니다. 그것에는 사랑이란 이름을 붙일 수 없다. 그렇기 때문에 아우라몬이니 아모로겐이니 하고 나누는 것도 우습다.

황순원의 「소나기」. 많은 사춘기 소년 소녀들에게 가슴 아픈 사랑이야기로 남아 있는 작품이다.

시골 소년 앞에 나타난 얼굴이 하얀 도시 여자애. 소년은 여자애에게 왠지 관심을 갖게 되고 자기를 '바보'라 부르며 소녀가 던진 조약돌 하나도 소중하게 간직한다. 조약돌은 서로의 마음을 이어주는 첫 번째 징검다리였다. 이렇게 해서 둘은 알게 되고, 어느 날 함께 산길을 가다가 소나기를 만난다. 소나기는 둘의 마음을 이어주는 징검다리와도 같은 거였다. 물론 이 소나기 때문에 소녀는 병이 도져 죽지만, 아무튼 비 오는 날 입었던 분홍 스웨터에 밴 흙물이며 죽을 때는 그 옷을 그냥 입혀달라던 소녀의 이야기는 우리 마음에 더할 수 없는 찡한 슬픔을 준다. 그것은 사랑이 주는 아픔과 감동인지도 모르겠다.

이 작품을 통해 지은이가 전하고 싶은 가장 중요한 생각은 바로 '사랑'이 아니었을까. 비록 어린 소년, 소녀지만 어른들은 이해하지 못하는 그들 나름대로 통한 무언가가 있었다. 그것을 우리는 사랑이라 부르는 것이다. 상대방에게 어떤 욕심을 갖는 것도 아니다. 서로 마음이 통하고 서로를 위해주고 싶은 마음이 글줄마다 엿보인다. 이들의 사랑이 아름답다고 강조하지 않아도 우리는 그것을 느낀다. 상대방을 소중히 여기는 것, 그것이 사랑의 출발점이다. 소녀가 던진 조약돌을 간직하는 소년의 모습이나, 자기가 입던 옷을 그대로 입혀달라는 소녀의 말에서 사랑의 싹을 본다. 여기에 무슨 아우라몬이나 아모로겐이 있겠는가.

그러나 「소나기」도 사랑의 완성을 보여주지는 못한다. 왜냐하면 사랑은 시련을 통해서 성숙하고 자기 희생을 통해 완성되는 것이기 때문이다. 소년과 소녀에게 사랑은 싹텄지만 그것은 더 자라지 못했다. 상대방을 깊이 이해하고 함께 시련을 이겨내는 진정한 만남 이전에 소녀는 죽고, 둘의 사랑은 애잔한 추억으로만 남아 있게 되었으니까. 추억은 흐르는 강물 속에 잠겨 흐를 뿐이다. 김남주 시인의 시 한 편을 통해 우리가 완성하지 못한 사랑 이야기를 마무리짓자.

사랑만이
겨울을 이기고
봄을 기다릴 줄 안다.

사랑만이
불모의 땅을 갈아엎고
제 뼈를 갈아 재로 뿌릴 줄 안다.

천년을 두고 오늘
봄의 언덕에
한 그루의 나무를 심을 줄 안다.

그리고 가실을 끝낸 들에서
사랑만이
인간의 사랑만이 사과 하나 둘로 쪼개
나눠 가질 줄 안다.

— 김남주, 「사랑 · Ⅰ」

찢어지게 가난한 삶

"그는 빈손으로 서울에 왔다. 그전부터 편지를 주고받던 춘원 이광수를 찾아갔지만 이광수도 그를 데리고 있을 처지가 아니었다. 그는 『조선문단』의 사장 방인근의 집에 묵게 된다. 여기서 그는 참으로 난처한 일을 당한다.

방인근이 요릿집 출입이 잦았고 기생들한테 인기가 높았기에 부부 싸움이 심했던 것이다. 둘만 싸우면 좋을 텐데, 그 피해가 그에게도 미쳤다. 어느 날 부부 싸움을 하며 던진 잉크병이 그의 단벌 두루마기에 맞은 것이다. 흰 두루마기에 검정 물이 흉하게 들었으니 어찌하랴. 그 옷밖에는 달리 입을 게 없던 그는 그 옷을 아예 검정 두루마기로 만들어 입었다."

최서해가 죽은 뒤 벗들이 그를 추모하며 쓴 글 중에 이런 내용이 있다. 작가가 되고자 무작정 서울로 온 서해의 가난을 보여주는 일화이다. 서해 자신의 일기와 그를 알던 사람들의 글에 따르면 10월에도 여름용 두루마기를 입고 몇 끼씩 굶다가 친구를 찾아가 신세진 이야기며 외상값에 시달려 월급이 한 푼도 남지 않은 이야기 등이 전해진다.

물론 이건 형편이 훨씬 나아진 때의 이야기이다. 1901년 함북 성진(어떤 이는 경성이라고도 한다)에서 가난한 농사꾼의 아들로 태어나 1932년 위문협착증으로 죽은 서해 최학송의 삶은 가난으로 점철된 삶이었다.

어려서 이별해 독립군이 된 아버지를 찾아 18세에 간도로 가서 유랑 생활을 하며 부두 노동자, 음식점 심부름꾼, 머슴 노릇 등 밑바닥 인생을 헤매던 그의 체험은 그야말로 일제치하 우리 민족의 가난한 삶을 그대로 보여주는 것이다. 그리고 그는 자신의 가난 체험을 그대로 소설에 담았다. 나중에 위문협착증으로 죽게 된 것도 젊은 날 굶기를 밥 먹듯 한 데서 비롯된 병일 것이다.

그가 세상에 내놓은 작품들은 하나같이 가난한 삶을 그리고 있다. 물론 20년대 우리 민족은 일제 식민통치를 겪으며 피폐한 삶을 살았고 농민들은 토지조사령 등으로 농토를 빼앗겨 간도로 이주하는 사람이 많았다. 그런 까닭에 자연히 소설가들이 즐겨 다루던 소재는 가난한 하층민의 삶이었다. 소설은 그 사회를 반영하는 문학이기 때문이다. 현진건의 「운수 좋은 날」, 나도향의 「지형근」, 전영택의 「화수분」 등도 그런 작품이다. 그러나 최서해처럼 절실하게 가난한 사람의 입장에 서서 소설을 쓴 사람은 드물다.

〈동아일보〉에 발표한 첫 작품 「토혈(吐血)」은 일인칭 자서전처럼 썼다. 굶주림에 시달리는 가족에게 재앙이 닥쳐와 아내가 해산 후 병이 들었으나 돈이 없어 약도 못 쓰고, 어머니는 쌀을 얻으러 갔다가 개에게 물린 참사가 작품의 내용이다. 이 작품은 1년 뒤에 〈조선문단〉에 「기아와 살륙」이라는 제목으로 고쳐 썼는데 빈곤의 참상을 확대하고 결말을 항쟁으로 바꾸었다. 의원은 아내를 살려달라는 청을 네 번이나 거절하고, 어머니는 머리카락을 잘라 팔러 갔다가 개에게 물린다. 마지막에는 가족을 몰살하고 뛰어나가 사람을 닥치는 대로 해치고 경찰서를 습격한 것으로 썼다. 자신의 절절한 체험을 소설화한 것이다.

최서해의 작품세계는 공산주의나 사회주의 사상에 바탕을 둔 문학과는 다르지만 사회의 병리현상인 가난을 다루고 모순에 가득 찬 사회에 대한 비판의식을 담고 있어 자연발생적인 경향문학의 색채를 띠고 있다. 문학사에서는 이를 신경향파라고 하는데 최서해는 그 대표적 작가이다.

그의 대표작으로 일컬어지는 「탈출기」는 벗에게 보내는 편지 형식으로 된 소설인데, 편지이기 때문에 그 쓰라린 사연을 밑바닥까지 털어놓을 수 있었다. 주인공은 가족을 데리고 만주에 가서 수탈당하고 모욕당한 일을 얘기하며, 포악하고 허위스럽고 요사한 무리를 옹호하는 세상을 믿고 산 것이 잘못임을 깨닫고 '험악한 제도'를 쳐부수기 위해 가족과 이별하고 투쟁하러 나설 수밖에 없다고 밝힌다. 「탈출기」는 단순히 가난을 묘사한 것이 아니라 그 당시 우리 민족이 어떻게 하여 만주 지방으로 이주해 갔으며 거기서 어떤 삶을 살았는가를 보여준다.

주인공은 자신이 고향을 떠난 이유를 이렇게 쓰고 있다.

김 군, 내가 고향을 떠난 것은 오 년 전이다. 이것은 군도 아는 사실이다. 나는 그때에 어머니와 아내를 데리고 떠났다. 내가 고향을 떠나 간도로 간 것은, 너무도 절박한 생활에 시든 몸에 새 힘을 얻을까 하여 새 희망을 품고 새 세계를 동경하여 떠난 것도 군이 아는 사실이다. ―

간도는 천부금탕이다. 기름진 땅이 흔하여 어디를 가든지 농사를 지을 수 있고 농사를 지으면 쌀도 흔할 것이다. 산림이 많으니 나무 걱정도 될 것이 없다.

그러나 간도에서 이들은 비참한 가난을 겪어야 했다. 농사지을 빈 땅이 하나도 없었으므로 중국인의 땅을 빌려야 했지만, 새로 온 이들에게는 땅을 빌려주는 사람도 없었다. 주인공은 구들 고치는 일을 하고 어머니와 아내는 삯방아를 찧었다. 그러나 이걸로는 입에 풀칠하기도 힘들었다. 이럴 즈음 임신한 아내가 아궁이에서 무얼 혼자 먹는 것을 보게 된다. 그것은 남이 버린 귤 껍질이었다.

두부 장사를 시작했지만 쉽지 않았다. 태어난 아기에게는 젖이 없어 두부물을 먹여야 할 정도였다. 추운 날씨가 닥쳐와서 몰래 산에 들어가 나무를 하다가 경찰에 끌려가 매를 맞은 일도 한두 번이 아니었다. 이런 고통을 겪으며 주인공은 아무리 애써도 면할 수 없는 가난에 치를 떤다.

나는 여태까지 세상에 대하여 충실하였다. 어디까지든지 충실하려고 하였다. 내 어머니, 내 아내까지도 뼈가 부서지고 고기가 찢기더라도 충실한 노력으로 살려고 하였다. 그러나 세상은 우리를 속였다. 우리의 충실을 받지 않았다. 도리어 충실한 우리를 모욕하고 멸시하고 학대하였다. (……) 이 분위기 속에서는 아무리 노력하여도 우리는 우리의 생의 만족을 느낄 날이 없을 것이다. 어찌하여 겨우 연명을 한다 하더라도 죽지 못하는 삶이 될 것이요, 그 영향은 자식에게까지 미칠 것이다.

결국 주인공은 집을 떠나 사회 변화를 위해 ××단에 뛰어든다는 것이다.

소설 「탈출기」 속의 '나'가 이렇게 집을 나선 것과 달리 서해는 소설을 쓰면서부터 생활의 안정을 추구했다. 큰돈을 벌지는 못했지만 신문사 기자 생활은 그나마 생활의 안정을 가져왔다. '빈궁문학'이라 불릴 만치 우리 동포의 처절한 가난을 작품 속에 담았던 그는 점차 자기 체험의 바닥이 드러날 수밖에 없었다. 몇 편의 작품을 통해 가난 속에 살아온 자기 삶이 그대로 녹아든 것이다. 생활에 안정을 찾으면서부터 그의 소설은 힘이 없어졌다. 어느 신문에 연재를 시작했으나 사람들로부터 악평을 들었다.

역설적인 말이지만 결국 생활과 소설이 모두 절대적 빈곤에서 벗어나면서부터 그의 문학세계는 힘을 잃었고 그러고 나서 곧 죽음을 맞이한 것이다. 참 기구한 삶이었다.

혹부리 영감 염상섭

그의 문학과 삶

염상섭의 왼쪽 이마 위에는 혹이 하나 달려 있다. 옛날 우리 민담에 혹부리 영감이 도깨비를 속이려고 재미있는 이야기가 혹에서 나온다고 했는데 이건 염상섭에게는 적절한 말인 것 같다. 1920년대부터 작품을 쓰기 시작하여 1963년 죽을 때까지 『삼대(三代)』, 『취우(驟雨)』 같은 장편소설과 「표본실의 청개구리」, 「만세전」 같은 중단편 소설을 150여 편이 넘게 남겼고, 숱한 일화를 남겼으니 말이다.

염상섭은 어려서는 미운 오리 새끼이기도 했다. 그는 나이 10여 세 소년 시절부터 할아버지 앞에서 『천자문』, 『동몽선습』 따위를 배우며 보냈다. 매일 책을 소리내어 외우는데 그는 잘 읽지를 못하고 낑낑댔다고 한다. 그러면 할아버지는 왜 이리 둔하냐고 꾸중을 했다. 자기 집안에 머리 나쁜 둔한 애가 태어났다고 생각했던 모양이다. 그는 매일 머리가 아프고 눈알은 찌뿌드드해 있는 소년이었다. 그러다 보니 표정도 우중충했던 모양이다. 건강도 나빠져 우울하고 귀찮아진 그는 한때 중이 될 생각도 했다.

그러던 그가 나중에 일본으로 건너가 안경을 쓰고 나서는 세상이 새로워 보였다. 어릴 때부터 악성근시였던 것이다. 둔하다고 꾸중을 듣던 소년이 우리나라 최고의 소설가가 되었으니 미운 오리 새끼가 고니가 된 것과 비슷하다고 해야 할 것이다.

그는 또한 사생활 문제로 구설수에 오른 적도 있었다. 우리가 한번씩 재미있게 읽은 소설 「발가락이 닮았다」가 있다. 김동인이 쓴 이 소설의 줄거리는 이렇다. M이라는 남자가 젊은 시절 너무나 바람을 피우다 늦게야 결혼했다. 그는 남자로서 생식기능을 잃었는데 아내가 아이를 낳았다. 그러나 그 아이가 자기 아이라고 믿고 싶었던 그는 자기와 닮은 곳을 찾는다. 바로 발가락이었다.

이 소설에서 바람을 피우다 늦게 결혼한 M이라는 남자의 모델이 바로 염상섭이라는 얘기가 돌았다. 이로 인해 그는 한때 김동인과 사이가 나빠졌고 〈조선일보〉를 통해 '모델 소설'에 대한 논쟁을 벌이기도 한다. 글에서 그는 자기의 사생활과 늦게 장가든 이유, 구식혼례를 한 까닭 등을 자세히 썼다. 그는 일본에 건너갔을 때 세 살 위인 브라운이라는 푸른 눈의 혼혈인 여자를 좋아했다. 또 시니코라는 일본 여자와 사랑에 빠지기도 했는데 시니코는 약혼한 남자가 있었다. 얼마 뒤에는 여류화가 나혜석과도 사귀었다고 한다. 그는 나중에 나혜석의 행적을 모델로 한 소설 『해바라기』를 쓰기도 했다.

3·1 운동 직후 그는 일본 땅에 있는 노동자들을 한데 모아 만세 시위를 벌일 계획을 세웠다. 격문과 빨간 헝겊을 뿌렸다. 이 헝겊으로 조선인이

라는 표시를 하고 천왕사라는 절로 모이자는 내용이었다. 만세시위를 벌이기로 한 날 천왕사를 어슬렁거리던 그는 책을 한 권 사서 읽다가 빨간 헝겊을 두르고 나타난 일본 경찰에게 잡혀 5, 6개월의 옥고를 치른다.

그러나 이런 숱한 일화보다 우리의 관심을 끄는 것은 그를 둘러싼 사회 현실과 그 속에 사는 사람들의 모습을 그가 어떻게 그려냈는가 하는 점이다. 일제치하에서 고통당하는 우리 민족을 보며 그는 조선 땅이 마치 해부대 위에서 칼을 기다리는 청개구리와도 같다는 생각을 했다. 또 구더기가 득시글거리는 묘지와도 같다고 생각한다. 이런 생각은 「표본실의 청개구리」, 『묘지』(나중에 『만세전』으로 제목을 바꿈) 등에 잘 나타나 있다.

『묘지』는 1922년 〈신생활〉이라는 잡지에 연재하다가 3회분은 삭제되고 잡지가 폐간되면서 중단되었다. 그러다가 다시 1924년 〈시대일보〉에 연재한다.

한 일본 유학생이 아내가 위독하다는 연락을 받고 조선에 와서 아내의 장례를 치르고 동경으로 되돌아갈 차비를 한다는 것이 이 작품의 큰 줄기이다. 주인공 이인화는 문과대학생이며 문학에 뜻을 두어 자기 나름대로의 정신세계를 가꾸고 일본으로 건너가 일본인과 다름없는 자유를 누렸다. 그러나 귀국하는 과정에서 뜻하지 않게 일제의 억압과 수탈을 받으며 욕되게 사는 동포들의 모습을 확인하고 분노를 느낀다. 일본인 거간꾼들이 음흉한 술책으로 조선인 노무자를 유인해다 이득을 올린 이야기를 듣기도 하고, 일본인 행세를 하며 비굴하게 사는 동포들의 모습을 보기도 한다. 희망은 어디에서도 찾을 수 없어 주인공은 "공동묘지다! 구더기가 우글우글하는 공동묘지다!"라고 외친다. 집에 돌아오니 집안 사람들이 더 큰 문제였다. 형은 일본 사람들 때문에 땅값이 오르자 치부에 보탬이 되는 데만 관심을 쏟고 친일파인 아버지는 별 할 일이 없어 기생연주회나 후원하는 인물이다.

우리 사회에 대한 이런 관찰은 1930년대에 들어서면서 좀더 폭과 깊이를 갖추게 된다. 『묘지』가 주인공 인화의 눈을 통해 세상을 보는 거라면, 1931년 〈조선일보〉에 연재된 『삼대』는 작가가 다양한 인물과 사건을 그려내면서 당대 사회를 바라보고 있다. 할아버지, 아들, 손자로 이어지는 삼

혹부리 영감 염상섭(위)과 한국 근대 사실주의 소설의 대표작 『삼대』의 표지(아래)

대를 통해 세상을 보는 사고방식의 차이, 식민지 현실에 대응하는 다양한 삶의 방식을 그려냈다.

할아버지 조의관은 시대의 변화를 거부하는 보수적인 사고방식을 지닌 사람이다. 그의 관심은 자기의 재산과 알량한 가문의 이름을 지키는 것이다. 이와 달리 조의관의 아들 상훈은 어설픈 개화주의자로 미국 유학을 다녀와서 방탕한 생활을 한다. 새로운 시대와 문물을 무비판적으로 수용하는 인물이다. 상훈의 아들 덕기는 이런 인물들 사이에서 어느 쪽에도 치우치지 않고 나름대로 지식인의 역할을 하려고 하지만 어정쩡한 지식인의 틀에서 벗어나지 못한다. 『삼대』에는 이 세 사람말고도 급진적인 사고방식을 가진 김병화 같은 인물도 등장한다. 이런 인물들의 삶을 통해 염상섭은 일제 식민지 시

대의 우리 사회를 탁월하게 그려냈다는 평가를 받고 있다.

그렇다고 해서 염상섭이 민족의 독립과 해방을 향한 어떤 뚜렷한 이념을 가지고 행동을 한 것은 아니었다. 그런데도 그는 식민지 현실을 뛰어나게 그려낼 수 있었다. 프랑스의 소설가 발자크가 자기 자신은 보수적인 정치이념을 지녔으면서도 소설 속에는 진보적인 시민계급의 활달한 삶을 그려내어 긍정적인 평가를 받고 있는 것과도 같다. 이념을 뛰어넘는 작가의 진실성, 자기가 그려내고자 하는 사회를 제대로 관찰하고 올바로 형상화하려는 노력이 있다면 훌륭한 작품을 탄생시킬 수 있다는 말이다.

글자도 못 읽고 낑낑대던 소년이 우리나라에서 손꼽히는 이야기꾼이 되기까지, 그는 자기가 살고 있는 사회와 이웃의 삶을 깊이깊이 생각했을 것이다. 그리고 솔직히 그려내고자 하는 노력 속에서 그의 문학은 점점 깊이와 폭을 갖게 된 것이다.

장가는 가고 싶은데 갈 때는 안 됐다고

소설의 갈등구조

김유정이 쓴 소설 「봄봄」은 장가를 들고 싶어 안달하는 데릴사위와 장가는 안 들여주고 일만 시키는 장인 이야기가 뼈대를 이루는 작품이다.

주인공 '나'는 좀 모자라는 인물이다. 하지만 한편으론 판단력도 있다. 그러나 자기가 당하는 일이 부당하다는 걸 알면서도 늘 번번이 속아넘어가는 '숙맥'이다. 나를 데릴사위로 데려온 장인은 마름인데 욕을 무척 잘한다.

장인은 내가 성례를 시켜달라고 말할 때마다 "이 자식아! 성례구 뭐구 미처 자라야지." 하며 면박을 준다. 색시될 점순이는 열여섯 살인데 몸집은 나의 겨드랑이에 찰락말락 하는 것이다. 나는 점순이가 키가 안 크는 게 물동이를 자주 이는 탓인가 하여 물동이도 대신 이어주고 나무를 하러 가면 성황당에 돌을 올려놓고 빌기도 한다.

"점순이의 키 좀 크게 해줍소사. 그러면 담엔 떡 갖다놓고 고사드립죠니까."

그러나 장인은 언제나 키 타령이다. 화가 난 내가 집에 갈 테니 새경(머슴에게 주는 일 년 치 품삯)을 달라고 하면 장인은 장가들러 왔지 머슴 살러 왔냐고 구박을 준다.

장가를 가고 싶은 내 마음은 봄이 무르익으면서 더욱 짙어진다. '밭 가상이로 돌 적마다 야릇한 꽃내가 쿨컥쿨컥 코를 찌르고 머리 위에서 벌들은 붕붕 소리를 친다. 바위 틈에서 샘물 소리밖에 안 들리는 산골짜기니까 맑은 하늘의 봄볕은 이불 속같이 따스하고 꼭 꿈꾸는 것 같다.' 이런 봄 기운에 취해 노총각은 더욱 가슴이 설레는 것이다.

열여섯 점순이에게도 봄바람은 들었나보다. 화전밭을 갈고 있는 내게 밥을 날라준 점순이는 그날따라 다소곳했다. 밥을 나르다가 때없이 풀밭에서 깻박을 쳐서 흙투성이 밥을 곧잘 먹이던 점순이가 성한 밥째로 밭머리에 곱게 내려놓는 것이다.

내가 다 먹고 그릇을 챙기는데 점순이는 들으라는 듯이 쫑알댄다.

"밤낮 일만 하다 말 텐가!"

얼떨떨해진 나는 그럼 어떻게 하냐고 멍청이처럼 묻는다.

"성례시켜달라지 뭘 어떡해."

점순은 되알지게 말하고는 도망쳐버렸다.

키가 작아 성례를 못 시킨다는 점순이가 속은 알짜로 꽉 찬 것이다. 용기를 얻은 나는 장인을 끌고 구장님을 찾아간 것이다. 나는 처음에 계약한 얘기를 들추면서 성례를 시켜달라고 졸랐다. 역시 장인은 키 타령이었다.

"글쎄, 이 자식아! 내가 크질 말라고 그랬니, 왜 날보구 떼냐?"

나는 점순이보다도 귀 한때기 작은 장모님을 들추었다.

"빙모님(장모님을 높여 부르는 말)은 참새만한 것이 그럼 어떻게 애를 낳지유?"

이 말에 장인은 할 말이 없는지, 돌 씹은 상을 하고 웃다가 팔꿈치로 내 옆 갈비께를 지른다.

구장한테 간 일도 별 효력은 없었다. 장인한테 땅 두 마지기 얻어 부치는 구장인지라 슬슬 장인의 역성을 드는 것이다.

"자네 말도 하기야 옳지. 암, 나이가 찼으니까 아들이 급하다는 게 잘못된 말은 아니야. 허지만 농사가 한창 바쁜데 일을 안 한다든가 집으로 달아난다든가 하면 손해죄루 그것도 징역을 가거든!"

이렇게 성과 없이 돌아온 나에게 친구들은 하나같이 빈정거린다. 밤낮 일만 해주고 있을 거냐, 누구는 일 년을 살고 장가를 들었는데 너는 사 년을 살고도 더 살아야 한다, 너는 그 집 셋째 딸 데릴사위가 올 때까지 머슴일을 해야 하니까 앞으로 사 년은 일해야 한다는 등등.

더욱이 창피한 일은 점순이의 말 때문이다.

"구장님한테 갔다가 그냥 온담그래!"

"안 된다는 걸 그럼 어떡한담!"

"쉼(수염)을 잡아채지 그냥 둬, 이 바보야!"

이런 말 저런 말에 화가 난 데다 부끄럽기도 한 '나'는 장인님과 담판을 낼 결심을 한다. 일을 안 하고 누워 있으려니 장인은 지게 막대기를 쥐고 달려온다. 막대기로 이리 찌르고 저리 찌르다 볼기짝을 때릴 땐 일어나서 장인 수염을 잡아챘다. 울타리 구멍으로 엿보는 점순이 때문

이기도 했다.

"부려만 먹구 왜 성례 안 하지유!"

장인을 밀고 굴리고 서고 씩씩대다가 나는 예전에 장인이 그랬듯이 장
인님 바짓가랑이 사이를 잡고 놓질 않았다. 장인은 쩔쩔매며 점순이를
부른다. 이 순간 나는 그래도 점순이는 내 편을 들어주겠지 생각했다.
그러나 웬걸, 점순이는 그러기는커녕 달려들어 내 귀를 잡아당기며
"에그머니, 이 망할 게 아버지 죽이네." 하는 게 아닌가.

「봄봄」을 읽다보면 나와 장인, 점순, 구장, 친구들이 서로 엮이어 만들어
내는 이야기가 점차 복잡하게 얽혀들어가는 걸 알 수 있다.

처음에 나는 장가를 들고 싶은 단순한 마음이었고 장인은 점순의 키 타령을 하면서 안 된다고 한다. 원하는 '나'와 원하지 않는 '장인'이 서로 대립된다. 두 사람의 생각은 공통점이 없이 팽팽하게 맞서 있다. 나와 장인 사이에 갈등이 싹튼 것이다.

점순이가 와서 종알거리자 나의 마음은 더욱 조급해진다. 갈등이 좀더 깊어진 셈이다. 장가 가고 싶은 마음에 불을 당겼으니 말이다. 구장에게 말하지만 별 소용이 없다. 장인에게 땅을 얻어 부치고 있는 구장은 '나'의 말이 옳다고 하면서도 장인 편을 든다. 이렇게 장인과 '나'의 대립은 한 차례 더 꼬이게 된다. 친구들의 이야기를 듣고 나니 더욱 분한 마음이 든다. 내가 장가를 가려도 오랜 세월 기다려야 하고, 새경을 받아 돌아가려니 은근히 위협도 있다. 장인은 일을 더 부려먹고 싶어하니까 둘의 갈등은 더 꼬이는 것이다.

결국 어리숙한 주인공은 장가를 들든지 새경을 받든지 해야 하는데, 그 열쇠를 쥐고 있는 장인은 장가를 들이거나 새경을 주어 내보내면 일을 못시키게 되니까 허락할 수 없는 것이다. 더구나 마름이라는 위치에 있는 장인은 좀 모자라는 주인공보다 더욱 유리하지 않은가. 두 사람이 원하는 바는 한치의 틈도 없이 팽팽하게 맞서 있다.

우리는 한 편의 소설을 이야기하면서 사람과 사람이 만나거나 또는 주요인물이 어떤 특별한 상황에 처하면서 사건이 복잡하게 얽힐 때 갈등(葛藤)이라는 말을 쓴다. 갈등이란 칡과 등나무란 뜻으로 어떤 일이 칡 덩굴과 등나무 덩굴처럼 얽혀 잘 풀리지 않는 형편을 말하는 것이다. 갈등은 소설을 더욱 흥미진진하게 하는 중요한 열쇠이다. 소설의 뼈대인 사건은 바로 이 갈등을 축으로 전개되어간다. 그렇기에 '소설은 갈등구조 그 자체'라는 말도 생겨난 것이다.

우리가 읽는 소설들을 보면 대부분 어떤 주인공이 그를 괴롭히는 인물 또는 주변환경과 만나 부딪치며 얽혀나가는 것이 기본 줄거리가 되고 있다. 도깨비 방망이처럼 모든 일이 술술 풀리는 건 옛날 이야기이다. 갈등이 없는 사건과 갈등이 없는 인물은 소설적이라고 보기 힘들다. 장애에 부딪치는 데서 이야기는 발전하고 읽는 이들은 이야기가 얽히고설키다가 또 풀려가는 과정을 보며 소설 읽는 묘미를 느끼는 것이다.

어디로 가야 하나, 이 혼란한 시절

문학작품은 사회의 반영

철호라는 남자가 있다. 그는 6·25 전쟁 뒤 가족들과 함께 남쪽으로 내려와 해방촌에 살고 있다. 해방촌은 남쪽으로 피난온 사람들이 모여 마을을 이룬 곳이다.

한때 풍요롭고 행복했던 철호 가족은 전쟁 뒤의 혼란 속에서 가난과 고통을 겪으며 살아가고 있다. 철호는 성실하게 일하면서 가족을 이끌어가려 하나 쥐꼬리만한 월급으로는 입에 풀칠조차 하기 힘들다. 전쟁통에 정신이상이 된 어머니는 "가자! 가자!"라는 말만 되풀이한다. 38선 때문에 고향에 돌아갈 수 없다고 말해도 제대로 알아듣지 못한다.

동생 영호는 어떤가. 그는 고지식하게 살아가는 형을 비웃고, 뒤틀린 이 세상을 비웃는다. 도덕이나 양심은 쓸데없는 것이라고 이야기한다. 군대에서 제대한 뒤 일자리를 얻지 못하고, 현실에 적응하지도 못하던 그는 일확천금을 꿈꾸며 은행 강도짓까지 하게 된다. 여동생 명숙은 가난한 가족들의 삶을 외면하지 못하고 미군을 상대하는 '양공주'가 되고 만다. 무대에서 노래를 부르는 아름다운 음악도였던 아내는 온갖 고생을 하다가 병원에서 죽어간다. 아내의 죽음을 확인하고 병원을 나선 철호는 충치를 모두 뽑고는 택시를 탄다. 그는 어머니가 실성해 있고 동생이 잡혀간 집으로도, 아내가 죽은 병원으로도, 그 어디로도 가지 못하고 방황한다.

'아들 구실, 남편 구실, 애비 구실, 형 구실, 오빠 구실, 또 계리사 사무실 서기 구실, 해야 할 구실이 너무 많구나. 너무 많구나. 그래 난 네 말대로 아마도 조물주의 오발탄인지도 모른다. 정말 갈 곳을 알 수가 없다. 그런데 지금 나는 어디건 가긴 가야 한다.'

철호는 점점 더 졸려 왔다. 다리가 저린 것처럼 머리의 감각이 차츰 없어져 갔다.

"가자!"

철호는 또 한번 귓가에 어머니의 소리를 들었다고 생각하며 푹 모로 쓰러지고 말았다.

차가 네거리에 다다랐다. 앞의 교통 신호등에 빨간불이 켜졌다. 차가 섰다. 또 한 번 조수애가 뒤를 돌아보며 물었다.

"어디로 가시죠?"

그러나 머리를 푹 앞으로 수그린 철호는 아무 대답이 없었다.

따르릉 벨이 울렸다. 긴 자동차의 행렬이 움직이기 시작했다. 철호가 탄 차도 목적지를 모르는 대로 행렬에 끼어서 움직이는 수밖에 없었다. 철호의 입에서 흘러내린 선지피가 흥건히 그의 와이셔츠 가슴을 적시고 있는 것은 아무도 모르는 채 교통 신호등의 파란불 밑으로 차는 네거리를 지나갔다.

지금 청소년들은 50여 년 전 우리 사회가 무엇을 고민하고 있었는지, 그 시대를 살던 사람들의 모습이 어땠는지 잘 알 수가 없다. 전쟁으로 같은 민족이 서로의 가슴에 총부리를 겨루었고, 수많은 사람이 죽어갔고, 전쟁 뒤에 극심한 혼란과 고통을 겪었다는 이야기만 어렴풋이 알고 있을 뿐이다.

위에 인용된 이야기는 1959년에 발표된 이범선의 소설 「오발탄」의 줄거리이다. 주인공 철호는 자신을 '조물주의 오발탄' 인지도 모른다고 말한다. 그 사회에 어울리지 않는 인간형이기 때문이며, 그 사회에 적응해서 살아갈 수 없는 인간이기 때문이다. 철호는 고지식함과 성실함과 양심으로 살아가려는 사람이다. 그러나 사회는 양심을 지키며 성실하게 살아가려는 사람에게는 가난과 고통만을 주는 사회이다.

결국 「오발탄」이라는 문학작품이 전하고자 하는 바는 6·25 전쟁 후의 혼란한 사회상과 그 사회 속에서 고통스럽게 살아가는 인간의 모습이다.

『오발탄』의 작가 이범선

그리고 그것을 가장 절절하게 느낄 수 있는 사람들이 고향을 잃고 살아가는 피난민이기에 피난민 가족을 내세우고 있는 것이다. 「오발탄」은 이범선이라는 소설가가 만들어낸 작품 세계이지만 그 당시의 현실 속에서 태어났고, 당시의 현실을 생생하게 담아내고 있다.

문학작품은 현실과 깊은 관계를 갖고 있다. 우리 삶의 모습, 우리 사회의 모습을 직접, 간접으로 반영하고 있다. 특히 소설은 현실을 바탕으로 하여 있을 법한 이야기를 우리에게 들려주는 문학이다. 우리 현실을 가장 잘 반영하는 문학인 것이다. 그렇다면 문학과 현실의 관계를 더욱 심도 있게 살펴보자.

첫째, 문학은 현실과 불가분의 관계를 가진다는 것이다. 위의 소설에서 작가는 전쟁 뒤 실향민이 겪는 아픔과 갈등을 그려냈다. 실제 지은이 이범선은 평안남도 신안주 출신의 사람으로 해방 뒤 월남하였다. 물론 지은이가 주인공 송철호와 똑같은 삶을 살지는 않았겠지만 주변에서 송철호와 유사한 삶을 사는 이들을 많이 보았을 것이다. 실제로 해방 뒤 월남한 사람들은 서울의 후암동 근처를 비롯한 여러 곳에 천막 같은 집을 짓고 피난민촌을 이루었고, 그 마을은 해방촌이란 이름으로 불렸다.

이 소설에서 철호 가족이 살았던 해방촌은 작가가 만들어낸 가상의 배경이 아닌 현실의 공간이었고, 소설은 그 현실 공간의 삶을 철호 가족을 통해 생생하게 보여준 것이다. 전쟁으로 미쳐버린 철호의 어머니나, 양공주가 된 명숙, 도덕률이 땅에 떨어진 혼란한 세태, 가난으로 고통 당하는 찌든 삶 역시 50년대 우리 사회의 한 단면이다.

누군가는 이렇게 말할 것이다. 「오발탄」처럼 실제 어떤 공간이나 시대를 배경으로 한 것은 그렇다고 치자. 그러나 공상과학소설이나 우화소설 등은 전혀 현실과는 다른데 뭐가 현실의 반영이란 말인가 라고. 그러나 그것들 역시 현실의 반영이다. 놀라운 과학 문명으로 우리가 상상할 수 있는 미래 세계를 그린 것이므로 또다른 현실의 반영이다. 인간이 직접 나타나지 않거나 전혀 비현실적인 배경을 갖고 있는 문학이라도 그 안에는 사람들의 삶과 사람들의 관심사가 녹아들어 있게 마련이다.

둘째, 문학은 양적으로 보았을 때는 실제 현실의 일부분에 불과하다. 위의 소설 역시 월남 피난민들이 겪은 삶의 고통 중 일부분을 담고 있다. 정신이상, 가난, 강도 행각, 양공주로 몰락, 죽음 이외에도 수많은 사건이 월남 피난민의 체험 속에 자리잡았으리라. 또 전쟁 뒤의 고통과 혼란이 월남 피난민의 것만도 아니다. 굶주림 속에서 더욱 비참하게 살거나 죽은 사람도 있었을 것이고, 전쟁으로 온몸과 마음이 만신창이가 된 사람도 많았다. 전쟁으로 인한 피해와 혼란상은 책 몇 권의 분량으로도 어림없을 것이다. 그러므로 문학 속의 현실은 실제 우리의 현실보다 양적으로 적은 부분임을 알 수 있다.

셋째, 그러나 우리가 또 한 가지 생각할 점은 문학이 비록 현실의 극히 작은 부분을 담고 있지만 현실보다 더욱 깊이가 있다는 것이다. 문학작품에서 그리고 있는 현실은 그저 현상을 나열한 것과는 다르다. 「오발탄」에서 작가는 철호 가족의 현실을 보여주었지만 심각한 물음을 던지고 있는 것이다. 이 같은 고통 속에서 인간은 어떻게 살아야 하는가를 묻는다. 정직과 성실, 양심에 따라 사는 것이 인간의 도리이건만 그렇게 사는 사람이 조물주의 오발탄처럼 느껴지는 현실, 즉 모든 것이 거꾸로 된 현실은 대체 무엇인가를 고발하는 것이다.

이것은 작가의 세계관과 맞닿아 있다. 작가가 어떤 안목으로 현실을 바라보느냐 하는 문제, 즉 작가의 세계관은 작품을 이루는 가장 중요한 요소가 된다. 작가는 자기의 체험을 소중히 여기고 그 체험에서 자기 작품의 풍부한 얘깃거리를 끄집어낸다. 그 체험은 개인적인 체험일 수도 있고, 시대적인 체험, 역사적인 체험일 수도 있으며, 직접적인 체험이거나 간접적인 체험일 수도 있다. 그리고 작가는 이 체험, 즉 현실을 바탕으로 하여 인간의 삶을 재해석하고 의미 있는 해석을 내리는 것이다. 이 혼란의 시절, 우리는 어디로 가야하는가, 이래서는 안 되는 것 아닌가, 아니, 이래서는 안 된다, 혼란의 네거리에서 우리는 갈 길을 찾아야 한다. 작가는 그런 외침을 간직한 채 현실을 보았고, 그 현실을 문학에 담아낸 것이리라.

강 건너 다시 만나리

분단문학

"여러분 살꽃 이야기를 들으셨나요? 희망산 깊은 골짜구니 막다른 곳에 피어 있다는 살꽃 말입니다. 그 꽃은 봄, 여름, 가을, 겨울 없이 언제나 하얗게 피어 있답니다. 하지만 꽃 모양에 대해서는 아무도 자신 있게 말할 수가 없지요. 요즘에는 그 꽃을 본 사람이 아무도 없으니까요. 그러니까 이제부터 내가 이야기하는 것도 모두 사냥꾼이셨던 우리 할아버지한테서 들은 것이랍니다. 왜 그 꽃을 본 사람이 없느냐고요? 아무도 그 꽃이 피어 있다는 희망산으로 가는 길을 모르기 때문이지요. 아깝게도 그리로 가는 오솔길을 아는 몇몇 분이 모두 세상을 떠났답니다. 그렇지만 아직 그 살꽃에 대한 이야기는 남아 있지요. 우리가 이 이야기만 잊어버리지 않는다면 언제고 반드시 살꽃을 찾을 수 있을 것입니다. 죽은 사람도 살려낸다는(그래서 이름도 살꽃이지만) 그 아름답고 이상한 꽃을……."

옛날도 아주 오랜 옛날, 우리나라의 허리쯤 되는 곳에 긴 강이 하나 흐르고 있었습니다. 이 강은 동쪽에서 서쪽으로 커다란 구렁이가 기어가듯이 흘러갔습니다. 강을 사이에 두고 북쪽 마을에는 한이라는 총각이 살았고 남쪽 마을에는 선이라는 처녀가 살았는데 둘은 서로 사랑을 했더랍니다. 한이와 선이는 날마다 나룻배를 매어두는 갈대밭에서 만났습니다. 어느덧 사랑은 깊어져 둘이는 혼인을 하기로 약속했습니다. 그런데 좋은 일에는 언제나 그것을 싫어하는 자들이 따르는 법이라, 둘의 아름다운 사랑을 싫어한 자가 있었습니다. 그것은 강물 속에 살고 있는 사나운 이무기였어요. 사람들은 그 이무기를 등은 붉고 배는 푸르다고 해서 '붉푸른 이무기'라고 불렀습니다.

이렇게 시작되는 이 동화는 이현주의 『살꽃 이야기』이다. 이야기를 좀 더 들어보자.

둘의 사랑을 시기한 이무기는 강물 위에 떠 있는 나룻배를 모두 삼켜버리고 배가 뜨기만 하면 또 삼켜버렸다. 아무도 강을 건널 수 없었다. 결국 강에 막혀 두 사람은 만날 수 없게 되고 각자 다른 사람과 혼인하게 되었다. 오랜 세월이 흘러 한이 할아버지에게는 국이라는 손자가, 선이 할머니에게는 조라는 손녀가 생겨났다. 한이와 선이는 살 만큼 살았다고 생각했지만 마지막으로 단 한 번 만나 안타까운 사랑을 불태울 수 있다면 더 바랄 게 없다고 여겼다. 마침내 두 사람은 몸져누워 죽는 날만 기다리게 되었다.

한이의 손자 국이가 어느 날 꿈을 꾸는데, 희망산 산신령이라는 노인이 나타나 할아버지를 살리라면서 살꽃을 주었다. 꿈에서 깬 국이는 살꽃을 구하러 희망산을 향해 갔다. 이른 봄 희망산을 향해 떠났지만 겨울에야 닿을 수 있었다. 국이는 거기서 역시 산신령 꿈을 꾸고 살꽃을 찾으러 온 조를 만난다. 둘이 희망산의 뿌리에서 살꽃을 찾아 이리저리 헤매는 동안 눈이 쌓여 바깥 세상으로 나가는 길이 묻혀버렸다.

봄이 되어 눈이 녹으며 희망산 뿌리에서 하얀 꽃잎 하나가 강으로 떠내려왔다. 마침 강물 위로 머리를 내밀고 나룻배를 띄우는 사람이 없나 살펴보고 있던 붉푸른 이무기의 심술궂은 입술 사이로 그 하얀 꽃잎이 스며들어갔다. 그러자 이무기는 피를 토하며 죽어버렸고 사람들은 나룻배를 띄울 수 있게 되었다.

이 동화의 맨 마지막 부분을 그대로 읽어보자.

사람들이 희망산 골짜기 막다른 곳에 가봤을 때, 거기에는 맑은 샘물 곁에 두 아이가 서로 꼬옥 끌어안고 있는 모양을 한 바위가 있고, 바로 그 바위 틈에 이름 모를 흰 꽃이 한 송이 피어 있었습니다. 그러나 그 꽃은 또한 죄 없는 두 아이의 슬픈 죽음 위에 피어난 가슴 아픈 꽃이기도 했습니다.

이무기 때문에 강을 건널 수 없었던 사람들은 두 아이가 목숨을 걸고 찾아낸 살꽃 덕분에 강을 건널 수 있었다. 살꽃을 찾으려는 목마른 몸짓이 무엇을 뜻하는지 이해할 수 있겠지? 한이와 국이, 선이와 조가 사는 땅이 어딘지도 알 수 있을 것이다.

이현주는 이 동화 속에서 우리 민족의 가장 큰 상처인 분단의 비극을 이야기했고, 그 비극을 치유하기 위해 어떻게 해야 하는가를 암시했다. 이 동화처럼 남북으로 갈라진 우리나라의 상황을 담은 문학작품이 많이 있다. 우리는 흔히 그런 작품을 분단문학이라 부른다. 잘된 문학작품일수록 '살꽃'을 찾으려는 우리 민족의 절실한 희망이 배어 있다.

많은 사람들이 분단 상황을 다룬 문학 가운데 빼어난 작품으로 꼽는 최인훈의 『광장』이 있다. 남과 북 사이에서 갈등하는 한 젊은이의 삶을 다룬 소설이다. 1960년 〈새벽〉지에 이 작품이 발표되었을 때 많은 지식인들이 어떤 떨림을 느꼈을 것이다. 그 이전에도 남북의 분단 상황이나 전쟁을 다룬 작품은 많았지만 남과 북을 같은 거리에서 비판하면서 전쟁의 참담함을 보여준 '반전문학적'인 작품을 본 적이 없기 때문이다. 그랬기에 이 작품은 '분단문학의 분수령', '반전문학의 획을 그은 작품', '4월 혁명이 우리 문학사에 가져다 준 선물' 등의 평을 받은 것이다. 문학평론가나 학자들이 '꼭 읽어야 할 한국 문학', '대학 신입생의 필독 도서' 등으로 이 작품을 꼽는 것도 남북 분단이라는 우리 역사적 상황을 새로운 시각에서 바라보았기 때문이다.

작품의 주인공 이명준은 대학 철학과 3학년 학생이다. 아버지는 해방 뒤에 월북하고 어머니는 돌아가셨기 때문에 그는 아버지 친구 집에 얹혀 살고 있다. 언제부터인가 그는 삶의 보람은 무엇인가라는 물음에 사로잡혀 있다. 그러나 그 물음에 대한 해답을 현실 사회 속에서 찾지는 못한다. 그가 살고 있는 남쪽 사회는 그에게 삶의 보람을 안겨주지 못했다. 명준은 윤애라는 여자를 만나 사랑을 통해 위안받으려 하지만 쉽지 않았다. 그는 북한으로 가는 배를 탄다.

북한에 간 그는 무거운 공기가 짓누르는 잿빛 공화국의 현실에 또 좌절한다. 광장은 있으나 개인의 삶이 없는 북한에서 발레리나 은혜를 만나 사랑하게 되지만 헤어진 채 6·25 전쟁을 맞는다. 은혜와는 전쟁터에서 다시 만나 마지막 사랑을 꽃피우지만 다시 헤어진다. 은혜가 전쟁터에서 죽고 말았기 때문이다.

포로가 된 이명준은 포로 석방을 앞두고 어느 곳으로 갈 것이냐는 질문에 '중립국'이라 대답한다. 남도 북도 아닌 제3의 중립국이 그의 선택이었다. 중립국으로 가는 배 위에서 그는 자신을 따라오는 갈매기들을 보며 푸른 바다에 몸을 던진다.

언뜻 보면 남과 북 사이에서, 개인과 사회 사이에서 갈등하다가 죽고 만 지식인 젊은이의 좌절을 그려낸 듯하다. 그러나 남과 북, 두 사회의 문제점을 객관적인 시각에서 바라본 이 작품은 분단문학, 아니 통일문학의 시발점이 되었다. 이념의 갈등으로 분단에까지 이른 우리 민족사를 제대로 보려는 몸짓이 이 작품에서 비로소 시작되었다고 할 수 있기 때문이다.

해방 후 좌익 우익의 대립이나 전쟁을 배경으로 한 작품은 많다. 그 중에는 진지한 고민과 성찰 없이 갈라진 땅 저쪽을 욕하는 작품도 있다. 그런 작품은 결코 바람직한 민족문학이 아닐 것이다.

이제 우리는 어느 한 편에서 어느 다른 편을 욕하는 그야말로 '분단문학'의 좁은 틀을 벗어나 따스한 애정으로 남과 북을 바라본 작품을 택해 읽도록 하자. 『광장』을 비롯하여 윤흥길의 『장마』, 현기영의 『순이 삼촌』,

조정래의 『태백산맥』 같은 작품들을 들 수 있을 것이다. 이 작품들을 읽는 동안 우리는 '살꽃'을 찾으라는 신령님의 목소리도 들을 수 있을 것이고 살꽃이 피어나는 희망산으로 가는 길도 알게 될 것이다. 그리고 왜 국이와 조가 꼬옥 안고 죽어갔는지 그 까닭을 가슴 깊은 곳에서 이해할 수 있을 것이다.

둘째 마당

운율과 서정

한마디 말에 담긴 많은 얘기들

시의 특성

학생들이 학교 생활에서 가장 힘들어하는 것 중의 하나는 아마도 시험일 것이다. 시험 때가 되면 '혹시 누가 시험지를 훔쳐 가서 시험이 연기되지 않을까.', '홍수가 나서 임시 휴교를 했으면 좋겠다.', '불이 났으면 좋겠다.' 등 별별 생각을 다 할 것이다. 시험이라는 주제로 글을 써보라고 하면 시험 때문에 괴로운 일, 시험에 대한 공포, 모르는 답이 나왔을 때 쩔쩔매는 일들을 쓰게 될 것이다. 고등학생 몇 명이 함께 지은 시를 하나 보자.

시험 때마다 나는 공상에 빠진다.
시험지를 누가 탈취한다거나
홍수로 교통이 두절된다거나
아니면 문제지에 답이 찍혀 나온다거나

불이 난다거나 하는 공상에 말이다.

그러나 공상은 언제나 공상

다른 때보다 한 시간 먼저 일어나

오랜만에 아침밥을 먹다보니

아차! 오늘이 바로 중간고사 시작 날

무대책이 상대책이라 믿고

뱃심 하나로 치르는 3교시 영어시험

물음표에서 긴장하고

마침표에서 한숨 쉬고

가렵지도 않은 머리를 연필로 긁적거린다.

가슴을 옥죄는

째깍째깍 시계 초바늘 소리

"5분 남았다. 수험번호, 이름, 과목 코드 확인하도록!"

선생님의 최후통첩

텅 빈 주관식 답란이 민망스러워

화장실도 안 가고 누런 시험지를 보고 있는데

오늘 하루도 시험에 의해 매겨질

내 인생 점수는 고작 56점.

그러나 언젠가 오고야 말 것이다.

시험 점수에 의한 인생 점수가 매겨지지 않고

우리의 착함과 성실함으로 점수 매겨지는

그런 날이.

이 시의 두 번째 연을 한번 산문으로 바꾸어보자.

다른 날보다 한 시간 일찍 일어나 오랜만에 아침밥을 먹는데 갑자기 오늘이 시험날이라는 사실이 생각났다.
"아차! 오늘이 바로 중간고사 시작 날이구나."
공부를 하나도 안 했는데 어떡하지? 그러나 나는 무대책이 가장 좋은 대책이라고 생각하며 학교에 갔다. 이런 배짱으로 3교시 영어 시험을 쳤다. 어찌나 긴장했는지 시험 내내 긴장의 연속이었다. 답답해서 괜히 머리만 긁었다.

같은 내용이지만 앞의 시를 읽을 때와는 느낌이 다르다. 시에서는 가락이 느껴진다. 시에는 곡조를 붙여 노래를 만들 수 있지만 뒤의 산문으로 노래를 만들기는 쉽지 않다. 유행가의 가사도 써놓고 보면 다 시다. 실제로 시에 곡조를 붙여 유행가로 만든 노래도 많이 있다. 시의 행과 연도 운율을 만들어내는 요소이다. 산문으로 쓰면 행을 바꾸지 않을 텐데 시에서는 행을 나누어놓았다. 이처럼 시에는 운율이 있다.

표현도 시와 산문이 다르다. 시험시간 내내 답을 몰라 쩔쩔매고 긴장했다는 표현도 '물음표에서 긴장하고 마침표에서 한숨 쉬고'라고 표현했다. 여기서의 물음표, 마침표는 '?' '.' 이것을 나타내는 것이 아니다. 시험지를 보며 긴장했다는 말이다. "잎새에 이는 바람에도 괴로워했다."고 노래한 윤동주의 시 「서시」를 보자. 나뭇잎을 흔드는 바람 때문에 괴로워했다는 뜻이 아니다. 시를 읽다보면 시에 쓰이는 말은 일상생활에서 쓰는 것과는 다른 의미로 쓰이는 것이 많음을 알 수 있다. 시어는 사전에 나온 뜻 이상을 표현하고 있는 것이다.

시는 길이가 짧다. 한 학생이 앞의 시와 똑같은 제목으로 이런 시를 지었다.

또 봐?

이것이 시의 전부이다. 단 두 글자, 물음표까지 합하면 세 글자가 이 시의 전부이다. "또 봐?"라는 짧은 시 속에는 지겨운 시험 안 볼 수 없을까? 시험을 왜 이렇게 자주 본단 말인가? 우리들은 서로를 사랑하는 것을 배우는 게 아니라 경쟁하기 위해 배우는 것이 아닌가 하는 생각들이 담겨 있다. 짧은 글 속에 많은 것을 담고 있는 것, 이것 역시 시라는 문학이 갖는 특징인 것이다.

시는 체험에서 나온다고 하는데

시를 쓰는 마음

　학교에서 수업시간 중에 시를 한번 써보라고 하면 우리는 마치 벌을 받거나 어려운 문제를 앞에 두고 끙끙거리는 아이의 심정이 되곤 한다. 시를 쓰려면 우선 글감이 있어야 하는데 그 동안 겪어온 체험을 들여다봐도 마땅한 것이 떠오르지 않기 때문이다. 그렇다고 그제서야 글감을 마련하기 위해 억지로 체험을 만들 수는 없는 일이다.

　시는 체험에서 나온다고 하는데 왜 나에겐 시로 쓸 만한 거리가 없을까 고민해 보아도 뚜렷하게 떠오르는 것이 없다. 생각해보면 자기 자신이 남들보다 유별나게 체험을 적게 한 것도 아닌데 말이다. 그럼에도 요행히 글감을 발견하여 시를 쓰고자 할 때면 또 한 번 난처한 지경에 빠지고 만다. 자신의 심정을 표현할 적절한 단어가 떠오르지 않기 때문이다. 가령 외로운 심정을 표현하기 위해 '나는 외롭다.' 하고 쓰자니 감정이 너무 직접적으로 노출되어 유치한 것 같고, 이미지로 표현하기 위해 '나는 한 마리 소쩍새, 나는 한 그루 나무' 등으로 쓰다 보면 어느새 표현하고 싶은 정서에서 멀리 떨어져 있음을 발견하게 된다. 게다가 함축적 의미를 고려해야 한다, 행과 연을 갖추어야 한다, 운율이 있어야 한다는 등의 의무사항에 부딪히게 되면 우리는 슬그머니 연필을 놓고 만다. 그리고 스스로에게 '나는 재능이 없나봐.' 하고 확인 겸 자위를 한다.

무엇이 문제일까? 체험이 적어서일까? 그러나 시인이라고 보통사람보다 유별나게 체험이 많을 리는 없다. 친구들 중에는 나와 성장과정이나 체험이 비슷하면서도 시를 곧잘 쓰는 아이가 있지 않은가. 표현법을 몰라서일까? 그러나 우리는 중학교 1학년 때부터 표현법을 얼마나 많이 배웠는가. 그리고 수사법은 시에서 그리 중요하지 않으며 자신의 체험을 진솔하게 쓰면 된다고 하지 않는가. 시를 많이 접해보지 못해서일까? 그러나 따지고보면 중학교 3학년쯤이면 적어도 시 100편 이상은 읽지 않았는가 (중학교 교과서에 나와 있는 시만도 수십 편이 된다).

무엇이 문제일까? 이에 대한 해답을 다음 시에서 찾아볼 수 있지 않을까 한다.

나뭇잎이 손짓하며
너를 부른다.
운동장 느티나무
가지마다 푸른 잎새
바람에 한들한들
너를 부른다.

꽃이파리 꽃잎마다
너를 부른다.
울타리엔 찔레꽃
향기마저 피우며
바람에 하늘하늘
너를 부른다.

순희야
순희야
양담배 양사탕
상자에 담아 들고
학교엔 안 나오고
행길로만 도느냐
우리도 목메이며
너를 부른다.

— 이원수, 「너를 부른다」

    이 시는 어려운 가정형편 때문에 함께 공부하던 순희가 학교에 못 나오고 양담배, 양사탕을 팔러 거리에 나설 수밖에 없었던 사건을 배경으로 하고 있다. 그리고 이 시의 화자는 그러한 순희를 안타깝게 생각하면서 돌아오라고 손짓하며 부르고 있다.

    이 시를 체험과 연관시킨다면 지은이는 아마 그러한 순희의 사정을 알았거나 그와 비슷한 이야기를 들은 것으로 볼 수 있다. 오늘날에도 이와 같은 이야기를 간간이 듣고 있지 않은가. 그럼에도 이것을 이처럼 감동적인 시로 옮겨놓은 사람은 무척 드물다.

사실 순희와 같은 어려운 가정형편과 가출, 학업포기 등등의 이야기는 이원수 시인이 이 시를 쓴 1946년 당시에는 그렇게 드물게 듣는 일이 아니었다. 비록 정치적으로는 해방이 되어 자유의 기쁨을 누렸지만 사회적으로 몹시 어수선하고 경제적으로는 해방 전이나 다름없이 여전히 빈곤하였기 때문이다. 아이들이 "기브 미 어 껌." 하고 미군 지프차를 쫓아다니던 때가 그때가 아니던가.

그럼에도 이원수 시인이 그 당시로 볼 때는 그리 드물지 않은, 누구나 쉽게 들을 수 있는 이야기를 이처럼 쉽게, 이처럼 감동적으로 쓸 수 있었던 것은 무엇 때문일까? 그것은 자기 자신이 보고 듣고 느낀 체험에 대해 깊은 애착과 관심을 가지고 있었기 때문이다. 같은 시대 속에서 살고, 같은 역사 속에서 호흡하기에, 삶 속에서 겪는 체험은 누구나 비슷할 것이다. 그럼에도 그와 같은 체험을 시로 표현할 수 있는 사람은 드물다. 그것은 자신이 겪은 체험에 대해 깊은 이해와 관심, 사랑을 쏟는 이가 적기 때문이다.

모든 것을 당연한 것으로 생각하고 무관심하게 지나쳐버리는 삶 속에서는 시가 나오지 않는다.

다른 사람의 행복과 불행, 담벼락에 애처롭게 피어 있는 이름 모를 풀꽃들, 알 수 없는 먼 곳으로 흘러가는 구름, 같은 반 친구의 가출, 신문에 난 기사 등등 이런 일상에서 부딪히는 무수한 일들을 아무런 관심 없이, 아무런 애착 없이 그저 무덤덤하게 체험하는 사람에게 시란 아예 먼 나라 얘기다.

어떤 사람은 우리가 사는 현대 사회가 삶을 기계적이고 습관적으로 만든다고 한다. 사실 기계적인 현대 사회 속의 삶이란 시를 쓰기에는 무척 황폐한 토양임이 틀림없다. 언제 시간을 내어 다른 사람의 불행이나, 살면서 부딪히는 사소한 일에 관심과 애착을 가질 수 있으랴. 또한 매일매일 반복되는 뻔한 삶에 특별히 관심을 가질 만한 일이 무엇이 있겠는가 하고 생각할 수 있다.

그러나 생각해보면 우리가 함께 기뻐하고 슬퍼하고 걱정해야 할 일들이 또한 얼마나 많은가. 따라서 시가 잘 써지지 않는다고 불평하는 사람은 자신이 모든 일에, 또는 마땅히 진지하게 생각해야 할 일에도 얼마나 애정과 관심이 없이 살아왔는지를 먼저 반성해볼 일이다.

천지신명을 움직이는 노래

향가의 세계

우리 문학에서는 노래가 신비로운 역할을 할 때가 많다. 이것은 향가의 세계에서 자주 볼 수 있는데, 그것은 그 시대에는 노래가 우리 시대와는 다른 위상을 지니고 다른 기능을 했기 때문으로 보인다.

우리는 향가 하면 그저 막연히 신라 시대의 노래였나보다 하고 생각하기 쉽다. 향가가 그 시대의 노래인 것은 분명하지만 『삼국유사』를 읽어보면 향가는 우리가 상식적으로 생각하는 것처럼 그렇게 단순한 노래는 아니었던 것 같다.

신라 진평왕 때의 일이다. 하루는 융천사라는 스님이 세 화랑과 함께 풍악산(금강산)에 놀러 가려고 길을 떠났는데, 갑자기 혜성이 나타나 심대성을 가리고 말았다. 이것은 대단히 불길한 징조였다. 심대성이란 그 시대 사람들에게는 하늘의 중심이 되는 별로, 신라의 수도인 경주를 상징하는 별이었고 혜성은 전쟁이나 질병 등의 천재지변의 흉조를 예시하는 별이었기 때문이다. 그들은 가던 길을 멈추고 나라에 큰 변고가 닥쳐올 것 같아 몹시 걱정하였다.

이때 융천사가 「혜성가」란 노래를 부르기 시작했다.

옛날 동쪽 물가

'건달파의 논 성(城)'(신기루)을 바라보고

"왜군이 왔다!"고 봉화를 사룬 변방이 있어라

삼화(三花 : 세 화랑)가 산 구경 오심을 듣고

달도 부지런히 등불을 켜는데

길쓸별(혜성) 바라보고

"혜성이여!" (하고) 사뢴 사람이 있구나

아으 달은 저 아래로 떠갔더라

이보아 무슨 혜성이 있을꼬

융천사가 노래를 마치자 하늘에 혜성이 사라지고 때마침 신라로 쳐들어오던 일본군도 제 나라로 물러갔다고 한다.

오늘날 우리가 볼 때 앞뒤도 안 맞고 믿기지도 않는 이야기이다. 그러나 이야기를 곰곰이 생각해보면 당시 신라인들의 사고방식과 세계관을 읽을 수 있다. 즉 신라 시대 사람들은 자연현상을 보고 인간 사회의 현실을 해석했고, 자연현상을 움직임으로써 인간사회의 현실도 변화시킬 수 있다고 생각한 것 같다. 아마도 그들에게는 자연현상과 인간의 현실이 오늘날처럼 그렇게 뚜렷이 나누어지지 않았던 모양이다.

그리고 융천사의 이야기에서 보듯 인간이 자연과 만나 대화하는 통로

가 바로 노래였던 것으로 보인다.

그렇다면 「혜성가」에는 어떤 내용이 담겨 있을까? 안타깝게도 「혜성가」는 아직도 그 해석이 완벽하게 된 것은 아니어서 많은 학자들이 글자 하나 구절 하나를 두고 제 나름의 주장을 내세우고 있는 형편이다. 따라서 그 내용을 분명히 말할 수는 없지만 이 노래에는 두 개의 심리와 메시지가 담겨 있는 것만은 분명하다. 즉 불안과 안심이다. 이 노래의 전반부에는 혜성이 나타난 것을 보고 불안해하는 지방 마을(변방)이 나타나고, 후반부에는 그것이 혜성이 아니니 안심하라는 메시지가 전달된다. 이것을 보면 자연현상이 합리적으로 이해되지 않고 삶이 알 수 없는 위협 속에 둘러싸여 있을 때 「혜성가」를 통해 인간의 불안한 심정을 해소하려 하였던 것을 알 수 있다. 이처럼 향가는 설령 개인이 창작했다 하더라도 그것이 개인의 것이 아니라 모두의 열망과 기원을 담은 공동체의 노래였다.

향가가 지닌 이런 신비스러운 성격은 월명사가 지은 「도솔가」에도 나타난다.

신라 경덕왕 때의 일이다. 하루는 하늘에 해가 둘이 나타나 이상하게 여겨졌는데 그것이 열흘 동안이나 계속되었다. 이것을 보고 일관(日官 : 천체의 변이를 보고 길흉을 가리는 일을 맡은 관직)이 "인연이 있는 중을 청하여 산화공덕(散花功德 : 꽃을 뿌려 부처에게 공양하는 일)을 하면 재앙을 물리칠 수 있을 것입니다."라고 하였다. 이 말을 듣고 임금은 조원전에 단을 정결히 쌓고 청양루에 나가 인연 있는 중이 오기를 기다렸다. 때마침 월명사가 천백사 남쪽 길을 지나가고 있는 것이 보이자 그를 불러 단을 열게 하고 기도하는 노래를 짓게 하였다. 이에 월명사는 "저는 화랑의 무리에 속해 있기 때문에 향가만 알 뿐 범성(중국에서 들어온 불교의 노래)에는 서툴러 할 수

없습니다."라고 하면서 사양하였다. 그러나 경덕왕은 이미 인연 있는 중
으로 뽑혔으니 향가라도 좋다고 하였다. 이에 월명사가 「도솔가」를 지어
불렀더니 해가 둘이 나타난 변괴가 사라졌다고 한다.

> 오늘 여기 산화가를 불러 뿌린 꽃아
> 너는 곧은 마음의 명령을 부림이니 미륵좌주를 모셔라.

월명사가 살던 시대는 통일신라 시기로 중국의 외래문물이 밀물처럼
유입되고 있던 때였다. 따라서 월명사의 이야기에서 볼 수 있는 바와 같
이 그 시대에는 화랑이나 향가와 같은 전통적인 민족문화는 천한 것으로
무시되고 범성과 같은 외국 음악이나 한문이 존중받는 풍토가 있었던 것
으로 보인다(그렇기에 향가는 상대적으로 귀족보다는 민중들의 정서와 마음의 운율을
더 많이 지니게 되었는지도 모른다). 그럼에도 월명사는 외래문물에 열등감을
느끼지 않고 꿋꿋하게 민족 고유의 노래 향가를 불렀다. 그리고 그것을
통해 그 시대 모두의 문제인 해의 변괴를 물리칠 수 있었다.

향가는 이처럼 공동체 전체에게 다가올 재난을 예시하는 자연현상만
움직인 것이 아니라 인간을 변화시킨 예도 보여준다.

통일신라 말기의 일이다. 영재란 스님이 있었는데 그는 향가 잘하기로
이름이 높았던 분이다. 특히 그 성품이 익살스럽고 재물에 얽매이지 않아

많은 사람들의 존경을 받았다고 한다. 그가 늘그막에 남악(지리산)에 은거하려고 대현령이란 고개를 넘고 있는데 도둑 떼를 만났다. 도둑들은 생명을 위협하였으나 영재는 조금도 두려워하는 기색이 없이 오히려 그들을 부드럽게 대하였다. 도둑들은 이상히 여겨 이름을 물어보았다. 영재라 하였더니 도둑들은 그가 향가 잘하는 스님인 줄 알고 노래를 짓게 했다. 영재는 "제 마음에 모습을 모르던 날……." 하며 노래를 시작했다.

그런데 영재의 노래를 들으면 들을수록 사람을 해치려던 마음이 눈 녹듯 사라지는 것이 아닌가. 노래가 끝나자 도둑들은 몹시 감동되어 비단 두 필을 영재에게 주었다. 그러나 영재는 그것을 땅에 버리고 "재물이 지옥 가는 죄악의 근본임을 알아 이제 깊은 산에 숨어 일생을 보내고자 하는데 어찌 구태여 이를 받겠는가."라고 말하였다. 이에 도둑들은 몹시 감동하여 모두 칼과 창을 버리고 머리를 깎고 그의 제자가 되었다. 그리고 함께 지리산에 숨어 다시는 세상에 나오지 않았다고 한다.

아마 이 도둑들은 신라 말의 부패한 현실 속에서 노역에 못 이겨 도망쳐 나온 민중들일 것이다. 그렇기에 현실에 대한 환멸과 현실에서 받은 마음의 상처도 깊었을 것이다. 그러나 영재의 향가는 돌처럼 굳어버린 그들의 마음을 눈 녹듯 녹여 새로운 세계로 이끌 수 있었다. 이것은 물론 영재가 뛰어난 능력을 가지고 있었기 때문이기도 하지만 그만큼 향가가 이미 민중들의 정서 속에 깊이 뿌리박고 있었음을 보여주는 것이기도 하다.

우리는 향가를 막연히 먼 고대의 노래이기 때문에 귀중히 생각하는 듯하다. 물론 그것은 잘못된 생각이 아니다. 그러나 위의 예를 보았듯이 향가란 오래된 노래이기 때문에만 귀중한 것이 아니라 그 시대를 살아가는 사람들의 사고방식과 세계관이 담겨 있고, 그 시대의 문제를 해결하려는 의지가 지극하기에 더욱 가치가 있는 노래이다.

단순히 사람들의 귀와 눈을 즐겁게 하고 잠시 마음을 스치고 가버리는 가벼운 우리 시대의 노래와는 전혀 달랐다. 향가, 그것은 현실에 닥친 재난과 고통을 극복하고 새로운 세계를 열어 보이려는 민족의, 민중의 의지가 담겨 있는 노래였다. 그리고 그 의지가 지극하기에 사람은 물론 천지신명까지 움직인 것이 아닌가.

남녀상열지사 엿보기

「쌍화점」, 「만전춘」의 세계

　우리는 문학사 시간에 고려 시대의 노래들이 조선 시대에 들어와 문자로 기록될 때에 남녀상열지사라 하여 제대로 채집, 기록되지 못하고 많이 유실되었다는 이야기를 듣는다.

　그것은 조선 시대의 지배계급인 양반들의 세계관이 남성 중심적인 성리학적 윤리를 지니고 있었기 때문이라고 한다. 그들은 남녀가 7세만 되면 같이 놀지 못하게 하고, 여자는 문밖에 외출할 때 얼굴을 가려야 하며, 남편이 자신보다 세상을 먼저 떠났을 때에는 평생을 수절하는 것을 미덕으로 삼는 등 철저히 여성 억압적인 윤리규범을 지니고 있었다. 그렇기 때문에 남녀의 솔직한 감정을 드러낸 고려 시대의 많은 노래들이 자신들의 구미에 맞지 않아 기록에서 제외했던 모양이다.

　남녀상열지사란 문자 그대로 남자 여자가 서로 사랑하고 기뻐하는 내용이 들어 있는 노래를 말한다. 그러므로 어느 시대에나 있었을 것이고

『대악후보』에 실린 「쌍화점」 악보

또 사람들에게 환영받고 잘 불리는 노래였을 것이다.

그렇다면 고려 시대의 남녀상열지사의 내용이 어느 정도였기에 기록에서 삭제되었을까 궁금하지 않을 수 없다. 하지만 아쉽게도 우리는 그 시대의 남녀상열지사를 보거나 들을 수 없다. 말할 필요도 없이 그것들은 조선 초기에 거의 모두 삭제되었기 때문이다.

그렇지만 다행히 남녀간의 애정을 짙게 나타낸 고려 시대의 노래가 몇 편 남아 있어서 우리는 고려 시대의 남녀상열지사 모습을 희미하게나마 엿볼 수가 있다.

현전하는 고려가요 중 남녀상열지사 계열에 속하는 것으로 「쌍화점」, 「만전춘」, 「이상곡」 등이 있다. 이 가운데 「쌍화점」은 다른 두 작품과 달리 지은이와 제작연대가 알려져 있다.

쌍화점에 쌍화(만두) 사러 갔더니
회회아비(몽골인, 서역인) 내 손목을 쥐더이다.
이 말씀이 이 점(店 : 가게) 밖에 나가면
다로러거디러 조그만 새끼 광대 네 말이라 하리라.
더러둥셩, 다리러디러 다리러디러 다로러거디러 다로러
그 자리에 나도 자러 가리라

위위 다로러거디러 다로러

그 잔 데같이 울창한 것(답답한 것, 안타까운 것)이 없어라.

삼장사에 불공 드리러 갔더니

그 절 주지 내 손목을 쥐더이다.

이 말씀이 이 절 밖에 나가면

다로러거디러 조그만 새끼 상좌 네 말이라 하리라.

(후렴 생략)

두레박 우물에 물을 길러 갔더니

우물용이 내 손목을 쥐더이다.

이 말씀이 이 우물 밖에 나가면

다로러거디러 조그만 두레박아 네 말이라 하리라.

(후렴 생략)

술 파는 집에 술을 사러 갔더니

그 집 아비(夫)가 내 손목을 쥐더이다.

이 말씀이 집 밖에 나가면

다로러거디러 술바가지야 네 말이라 하리라.

(후렴 생략)

이 노래는 한 여인이 쌍화점, 절간, 우물, 술집 등을 다니면서 여러 남
자에게 손목을 잡혀 관계를 맺게 되고 그 사실이 소문으로 퍼져 많은 사

람들에게 알려지게 된다는 사연을 담고 있다. 그런데 주인공으로 등장한 여자는 남자에게 손목을 잡힌 사실보다 그 소문이 밖으로 퍼져 나가는 것을 더 부끄러워하고 있다. 오히려 그와 같은 일을 바라고 있는 것처럼 보이기도 한다.

이와 같은 심정은 신사임당을 모범으로 내세우는 조선 시대 양반사대부들의 부녀자와 비교하면 있을 수 없는 일이다. 그들에겐 외간 남자에게 손목을 잡힌 사실만으로도 충분히 죽을 이유가 되었기 때문이다. 게다가 이 노래의 각 연 후반부에는 다른 여성이 시적 화자로 등장해 자기도 그 자리에 가고 싶다는 강렬한 성적 욕망을 숨김없이 드러내고 있다.

그리고 재미있는 일은 이 「쌍화점」을 지은 작가가 민중이 아닌 권문세가 출신인 오잠이란 귀족이며, 그가 직접 기생을 뽑아 이 노래를 가르쳐 충렬왕 앞에서 부르게 했다는 사실이다. 이것은 고려사에 기록되어 있는 바이지만 일반적으로는 민간에서 떠돌던 노래로 보고 있다. 그러나 고려 충렬왕 대에는 몽골의 문물이 엄청나게 유입되던 시대이므로 간신 오잠이 몽골풍의 새로운 곡조에 맞추어 여흥을 위한 노래를 제작했을 가능성도 무시할 수 없다. 이런 것으로 보아 「쌍화점」은 고려 말의 상하계층에 만연한 타락한 성풍조를 풍자했다고 볼 수 있다.

「쌍화점」이 사회적으로 허용될 수 없는 타락한 성풍속을 묘사했다면 「만전춘」이나 「이상곡」은 죽음도 끊을 수 없는 즐거운 사랑을 노래했다.

얼음 위에 댓잎자리 보아 임과 나와 얼어 죽을망정
얼음 위에 댓잎자리 보아 임과 나와 얼어 죽을망정
정든 오늘 밤 더디 새었으면 더디 새었으면. (1연)

뒤척이는 외로운 자리에 어찌 잠이 오리오.

서쪽 창문을 여니 복숭아꽃이 피었구나.

복숭아꽃은 시름없이

봄바람에 웃는구나 봄바람에 웃는구나. (2연)

오리야 오리야 어린 오리야

여울은 어디 두고 소(물이 깊은 못)에 자러 오느냐.

소 곧 얼면 여울도 좋으니 여울도 좋으니. (4연)

남산에 자리 마련해 옥산(玉山)을 베고 누워

금수산 이불 아래 사향(남성을 끄는 자극적 향내) 각시를 안아 누워

남산에 자리 마련해 옥산을 베고 누워

금수산 이불 아래 사향 각시 안아 누워

약(藥) 든 가슴을 맞춥시다 맞춥시다.

아, 임이여! 기나긴 평생에 이별이란 모릅시다. (5연)

　얼음 위에 댓잎자리 보아 얼어 죽을망정 사랑하는 임과 함께라면 차라리 날이 더디 새길 바란다는 심정이 무엇이 문제가 되겠는가. 사랑하는 사람들이라면 너무도 당연한 일이 아니겠는가. 그렇다면 조선 시대의 유학자들이 남녀상열지사라 하여 문제 삼았던 것은 무엇 때문이었을까. 아마 다음과 같은 세 가지가 고려되었을 것으로 짐작된다.

　첫째는 이 노래에서 추구하는 사랑이 지극히 육체적이라는 점을 들 수 있다. 각 연마다 '자리에 눕다', '이불 아래에서 가슴을 맞춘다' 등의 육체

적인 사랑을 노래하고 있다. 바로 이 점이 고고한 도학자연했던 조선 시대 양반들에게 용납될 수 없는 측면이었다.

둘째, 그러한 사랑을 직접적으로 노래하고 있는 시적 자아가 남성이 아닌 여성이라는 사실이다. 이것은 여성은 자신의 감정을 직접적으로 드러내지 않는 것이 여자로서의 미덕이라고 하는 여성 억압적인 유교적 여성관에 어긋나는 일이다. 적어도 조선 시대의 유교적 윤리 속에서는 여성에게 밥을 먹을 수 있는 입은 존재했지만 자신의 의사나 솔직한 심정을 표현할 수 있는 입은 허락되지 않았다.

셋째, 지조가 없는 사랑이다. '소(늪)가 얼면 여울도 좋다'라고 한 것은 한 남자만을 영원히 사랑하겠다는 유교적 정절의 윤리가 아니라 상황이 바뀌면 다른 남자에게로 갈 수도 있다는 심리의 표현이다. 당연히 이것은 일부종사를 외치고 열녀를 모범으로 내세우는 유교적 윤리에 정면배치되는 일이었다.

게다가 이처럼 자유분방한 사랑과 성윤리는 조선 시대의 유학자나 통치계층에게 단순히 풍속과 윤리의 문제로만 비친 것이 아니었다. 부자나 부부의 윤리가 곧 군신의 윤리와 직결되는 주자학적 통치질서 속에서 성의 문제는 곧 정치의 문제였고, 자유롭고 개방적인 사랑과 성의 풍속은 한 임금에 대한 변함없는 충(忠)을 요구하는 조선조의 유교적 정치체제를 위협하는 심각한 문제였기 때문이었다.

이와 같은 유교적 양반 사대부들의 정치윤리와 세계관 속에서 고려 시대의 수많은 노래들이 채록되지 못하고 일반 민중들의 입에서 떠돌다가 사라져버렸다. 참으로 안타까운 일이 아닐 수 없다. 민족의 역사를 한 개인의 일기에 비유하자면 이와 같은 인멸은 잘못된 고정관념 때문에 자신

의 과거가 부끄럽다고 지나간 시절의 일기를 모두 찢어버리는 것과 같은
어리석은 행위일 뿐이다.

그리고 이와 같은 행위로 인해 오늘날 우리는 민족의 풍부한 문화적 유
산과 삶의 가능성을 알 수 없게 되었다.

정지상의 귀신에게 뺨 맞은 김부식

천재를 질시한 수재

비 갠 긴 강둑 위에 풀빛 푸른데

임 보내는 남포엔 슬픈 노래 울려 퍼지네

대동강 물이야 언제 다 마르리

해마다 이별 눈물 보태는 것을.

雨歇長堤草色多

送君南浦動悲歌

大同江水何時盡

別淚年年添綠波

이 시는 우리 옛 선조들이 남긴 숱한 한시 중에서도 가장 뛰어난 작품의 하나라고 일컬어지는 정지상의 「임을 보내며(送人)」이다. 이 시는 예부터 우리나라 한문학의 대가들로 손꼽히는 최자, 신위, 서거정, 허균, 김만중 등 쟁쟁한 시인, 문사가 한결같이 우리나라 한시 가운데 최고의 절창으로 꼽을 만큼 뛰어난 작품이다. 중국에서 칙사가 올 때면 배 위에 적혀 있는 우리 한시들을 죄다 치웠지만 이 시만은 남겨두었다고 하니, 우리 조상들이 얼마나 자랑스럽게 여기던 작품인지를 짐작할 수 있을 것이다.

  정지상은 이미 어렸을 때 물 위에 떠 있는 오리를 보고,

  "그 누가 새 붓을 잡아(何人把新筆) 강물 위에 저렇게 '새 을(乙)'자를 썼노?(乙字寫工波)"라고 시를 지어 읊어서 세상 사람들을 놀라게 할 만큼 뛰어난 천재 시인이었다. 그의 시는 맑고도 화려하며, 호방하기로 이름이 높았다.

  『삼국사기』의 저자로 우리에게 잘 알려진 문장가 김부식도 같은 시대 사람이었다. 당시 사람들은 정지상과 김부식 두 사람을 뛰어난 시인으로 나란히 칭송하였다. 자연히 두 사람은 경쟁 관계에 놓이게 되었다. 특히 김부식은 속마음으로 정지상을 몹시 질투하고 있었다. 김부식 자신도 상당한 글재주를 지녔다고 자부했지만, 정지상의 천재적인 솜씨만은 당해낼 자신이 없던 탓이었다.

  두 사람이 젊었을 때 정지상이 지은 시에 이런 구절이 있었다.

  절에서 들려오던 독경 소리 끝나고   琳宮梵語罷
  하늘빛은 유리처럼 깨끗하도다.   天色淨琉璃

김부식은 이 구절이 썩 마음에 들었다. 그래서 정지상을 찾아가 이 구절을 자기에게 달라고 했다. 자기의 시로 만들고 싶었던 것이다. 그러나 정지상은 한사코 허락하지 않았다. 김부식은 자존심이 무척 상했다. 이 일로 두 사람 사이가 영 편치 않게 되었다. 김부식의 마음속에는 정지상에 대한 증오심이 더욱 커져갔다.

기다리던 김부식에게 드디어 때가 왔다. 고려 인종 13년인 1135년에 묘청의 난이 일어났다. 정지상은 평소에 평양으로 서울을 옮기고, 북방을 정벌하여 국력을 확장하자는 묘청 등의 주장에 동조했다. 기회를 놓칠 김부식이 아니었다. 김부식은 정지상이 묘청 등과 짜고 역모에 가담했다는 죄명을 덮어씌웠다.

이렇게 해서 당대의 천재 시인 정지상은 역적으로 몰려 처형당했다. 세상 사람들은 천재적인 글재주를 시기한 김부식이 모함하여 정지상을 죽였다고 입을 모았다.

원통하게 죽음을 당한 정지상은 귀신이 되었다. 김부식이 하루는 다음과 같은 시를 짓고 있었다.

버드나무 천 가지로 푸르고   柳色千絲綠
복사꽃은 만발하여 붉게 피었다.   桃花萬點紅

이때 느닷없이 공중에서 정지상의 귀신이 나타났다. 그는 대뜸 김부식의 뺨을 후려갈겼다.

"버드나무 가지가 천 개라니, 네가 세어나 봤느냐? 왜 이렇게 시를 못 짓느냐?"

귀신 정지상은 김부식의 시를 고쳐 지어 읊었다.

| 버드나무 가지 줄줄이 푸르고 | 柳色絲絲綠 |
| 복사꽃 점점이 붉다. | 桃花點點紅 |

김부식은 몹시 기분이 나빴다. 정지상은 단지 글자 하나씩만 고쳤을 뿐인데도, 자기가 지은 것보다 훨씬 멋진 표현으로 만들어놓았기 때문이었다.

그 후 어느 절에 들렀다가 변소에 갔는데 또 정지상의 귀신이 나타났다.

"술도 안 마셨는데 왜 얼굴이 그렇게 빨갛게 됐느냐?"

일을 보는 김부식의 불알을 잡고 정지상의 귀신이 물었다.

"시냇물 건너 언덕의 단풍이 얼굴에 비쳐서 빨갛다."

김부식이 느릿느릿 대답했다. 정지상의 귀신은 불알을 더욱 힘껏 쥐며 또 물었다.

"이 불알 껍데기는 뭐냐?"

"이놈! 네 애비 불알은 쇠로 된 줄 아느냐?"

김부식도 지지 않고 호통을 쳤다. 화가 난 정지상의 귀신이 불알을 더욱 세게 쥐어 김부식은 마침내 변소에서 엎어져 죽었다.

이야기가 좀 지저분한 것 같지만, 이것은 이규보의 『백운소설』에 쓰여 있는 그대로를 옮긴 것이다.

따져보면 김부식도 대단한 문장가였다. 그러나 결코 천재는 못 되었던 것 같다. 후세 사람들은 정지상의 시를 두고 신의 운율이 감돈다고 극찬하면서 그를 불세출의 천재로 떠받들었다. 하지만 김부식의 글재주가 뛰어나다고는 했어도, 천재적이라고까지는 아무도 말하지 않았다. 정지상과 김부식의 차이는 바로 천재와 수재의 차이였다고 할 것이다.

수재란 아무리 노력해도 하늘이 재주를 내려준 천재를 당할 수는 없는 일인가보다. 정지상의 비상한 재주를 당해내지 못하고 항상 자존심만 구겼던 김부식이었지만, 그의 훌륭한 문장은 오늘날 『삼국사기』라는 명작 속에 살아 있다. 이 사실을 안다면 비참하게 변소에서 쓰러져 죽은 김부식의 귀신도 매우 기뻐할 것이다.

바다 앞에 선 시인의 표정

정철과 그의 시대

문학이란 언제나 인간 체험의 표현이다. 따라서 독자가 그 체험을 이해하고 공유하지 못한다면 문학작품이란 기껏해야 백지 위에 그려진 잉크 자국에 불과하게 된다. 비록 작품 속에 나와 있는 단어나 문장은 완벽히 알고 있다 하더라도 작품이 제시하는 체험 밖에 있다면 문학이란 영원히 낯선 존재로 남고 만다.

우리 문학에는 바다와의 만남에서 생긴 체험의 표현이 의외로 풍부하다. 바다란 문학에서 어떤 존재인가, 그리고 바다와의 만남에서 시인들은 어떠한 체험을 하였는가.

바다 앞에 선 그들의 표정을 엿보는 일은 흥미 있다. 송강 정철은 시조와 가사로 유명한 조선 중기의 시인이다. 그는 한문학만이 문학으로 대접받던 시대에 「사미인곡」, 「속미인곡」, 「관동별곡」 등을 한글로 지어 우리말의 묘미를 한껏 발휘하기도 하였다. 한편 그는 정치에도 깊이 발을 들여놓아 여섯 번이나 관직에 오르내렸던 서인의 총수이기도 했다. 이렇게 문학과 정치 양면에 많은 흔적을 남긴 정철이 바다와의 만남을 인상 깊게 표현한 작품이 바로 가사 「관동별곡」이다.

「관동별곡」은 전후 두 부분으로 나뉘어 각각 산과 바다를 보고 느낀 감회를 서술하고 있다.

하늘 끝을 끝내 보지 못하여 망양정에 오르니 바다 밖은 하늘이니 하늘 밖은 무엇인가. 가뜩 노한 고래 누가 놀라게 했기에 불기도 하고 뿜기도 하면서 어지럽게 구는 것인가. (그 모습이) 마치 은산을 꺾어내어 온 세상에 흘러내리는 듯 아득한 오월 하늘에 흰 눈은 무슨 일인가.

이것은 정철이 관동팔경 중의 하나인 강원도 울진군의 망양정에서 내려다본 동해 바다의 모습을 묘사한 것이다. 여기에 보이는 이미지로 보아 그 바다는 평온한 느낌을 주는 잔잔한 바다가 아니라 거세게 파도치며 풍랑이 이는 격노한 바다임을 알 수 있다. 그러나 우리가 문학의 체험을 공유하기 위해서는 이 시의 묘사대상이 바다구나 하는 정도를 아는 데 그쳐서는 안 된다. 그가 바다를 묘사하기 위해 왜 이런 이미지를 사용했으며 또한 그때 그는 어떠한 내면적 체험을 했을까 하는 것을 이해해야 한다.

물론 여기에는 독자의 상상력이 필요하다. 우선 이 시에 보이는 바다의 이미지를 잘 살펴보면 풍랑이 이는 바다의 모습이 무엇인가에 놀라 성내며 난폭해진 고래에 비유되고 있고, 시적 자아는 그러한 바다의 꿈틀거림을 보며 두려움과 경이감에 사로잡혀 있다. 우리는 정철이 바다를 자신의 힘을 훨씬 초월하는 난폭한 고래이자, 그 앞에서 경이감에 젖을 수밖에

없는 두려운 불가사의의 존재로서 체험했음을 알 수 있다. 비바람이 조금
도 없는 오월 맑은 날, 기껏해야 파도가 바위에 부딪치는 것을 보았을 뿐
인데 어떻게 이러한 체험이, 이와 같은 바다와의 만남이 어떻게 가능했을
까. 적어도 그의 체험 속에서 바다란 단순히 많은 물의 의미를 넘어서는
것 같다. 그렇다면 그에게 바다란 무엇인가?

　우리는 이것을 이해하기 위해 어린 시절 바닷가에서 장난치던 체험을
떠올릴 필요가 있다. 해변에서 조가비를 가지고 놀던 한 아이가 바다를
보고 환성을 지르며 막 달려간다. 그러다가 파도가 무섭게 밀려오면 모
래사장으로 도망쳐 되돌아온다. 그리고 다시 파도가 밀려갈 때면 아이는
마치 공격이나 하는 듯이 바다를 향해 돌진한다.

　그러고는 흘러내리는 파도의 끝 부분(꼬리)을 발로 밟고 마치 바다에게
이기기나 한 듯 의기양양해 한다. 이때 이 바다나 파도는 아이에게 단순
한 물이 아니다. 그것은 그 아이 자신과 마주 선 세계, 맞서 싸워 나가야
할 현실이다. 우리는 이와 비슷한 바다 체험을 최남선의 「해(海:바다)에게
서 소년(少年)에게」에서도 볼 수 있다.

　　　처……르썩, 처……르썩, 척, 쏴……아.
　　　때린다, 부순다, 무너버린다.
　　　태산 같은 높은 산, 집채 같은 바윗돌이나
　　　요것이 무어야, 요게 무어야.
　　　나의 큰 힘 아느냐 모르느냐, 호통까지 하면서
　　　때린다, 부순다, 무너버린다.
　　　처……르썩, 처……르썩, 척, 튜르릉, 꽉. (1연)

한 소년이 모든 것을 지배할 수 있는 강한 힘을 가진 바다 앞에 서 있다. 그러나 소년은 하나도 두려움이 없고 바다도 소년을 해칠 것 같지 않다. 오히려 바다는 자기의 큰 힘을 자랑하면서 소년과 친해지고 싶다고 고백한다.

우리는 문학사에서 이 바다를 서구 근대문명으로 해석한다. 유교적 봉건사회 속에서 하나의 인격으로 대우받지 못한 이 소년(조선 말기의 중인계층)은 무섭게 부르짖는 바다에서 그에게 다가오는 새로운 세계를 보고 있는 것이다. 따라서 그 바다는 기성의 어른(양반 지배계급)에게는 두렵고 경이감에 빠질 수밖에 없는 존재이지만 소년에겐 전혀 두렵지 않은 존재이다.

이와 대조적으로 망양정 위에 선 정철에게 바다란 두렵고 그 정체를 알 수 없는 존재이다. 요동치는 고래와 같은 바다를 이길 수 없을 것 같고 바다가 부리는 조화 앞에서 경이감과 외경심마저 느낀다.

정철, 그는 왜 아이처럼 바다를 꾸짖고 호령하지 못하며 두려워하고 있는가.

우리는 그 이유를 16세기 조선 사회의 역사적 한계에서 찾을 수 있다. 16세기 조선 사회는 연산군과 중종반정, 그리고 동인, 서인의 당쟁으로 점철된 시대이다. 따라서 이 시대는 이황, 이이 등의 뛰어난 성리학자를 낳기도 하였지만 임꺽정과 같은 도적을 발생시킬 만큼 사회 경제적 모순이 첨예한 시기이기도 하였다. 즉 16세기는 고려 귀족 사회가 지닌 정치 경제적 모순을 극복하고 어느 정도 안정된 양반 사회를 이룩하였던 조선 사회가, 훈구파들의 경제적 집중과 양반계급의 민중에 대한 수탈과 가렴 주구 등으로 다시 모순을 드러내기 시작하는 위기의 시대였다. 따라서 참다 못한 민중은 살던 땅을 떠나 거지가 되어 유랑하거나 또는 도적이 되어 약탈을 자행하는 수밖에 없었다.

정철과 친분이 깊었던 율곡 이이는 그 시대를 다음과 같이 기술했다.

"옛날 100호 살던 큰 마을이 지금은 10호도 되지 않고 지난해 10호의 마을이 이제는 한 집도 남아 있지 않으니 (……) 개혁하지 않으면 나라의 근본이 허물어져 유지할 수 없을 것이다."

사실 그 당시 민중들의 생활은 서울과 지방을 막론하고 열 집 중 아홉 집은 굶는 형편이었고, 병역, 부역 등 갖은 고역과 수탈로 말미암아 견디다 못한 민중은 마을을 떠나 열 집 중 아홉 집이 비었을 정도였다.

그러나 그 시대를 책임지고 있었던 양반 지배계급은 이러한 사회적 모순을 극복할 새로운 사상과 제도를 마련하기는커녕 오히려 자신들의 이해 다툼과 당파 싸움에 빠져 있을 따름이었다. 이이 등 극소수의 선비만이 현실개혁을 안타깝게 부르짖었지만 그것은 공허한 메아리일 뿐이었다. 정철은 바로 이러한 시대의 한가운데 서 있었다.

바다의 이미지가 자신이 직면한 세계로서의 의미를 지니고 있다면 정철이 망양정에서 본 바다는 바로 그 자신이 살고 있던 모순과 갈등이 가득 찬 조선 중기의 사회현실이었을 것이다. 그렇기에 그의 눈에 비친 바다에는 언제나 어두운 색조가 배어 있다.

해돋이를 보려고 밤중쯤 일어나니 상서로운 구름이 일어나는 듯 여섯 용이 떠받치는 듯 바다에서 떠날 때는 온 세상이 일렁거리더니 하늘 한가운데 치뜨니 조그만 터럭을 셀 정도로 밝구나. 아마도 지나는 구름 근처에 머물까 두렵구나.

찬란한 일출 다음엔 구름, 즉 걱정과 근심이 있다. 이것은 서인인 정철이 간신이라 생각하던 동인에 둘러싸여 있는 선조를 걱정하는 우국지정의 표현일 수 있다. 그러나 거기에는 이미 16세기 양반 사회에 대한 비관적인 세계관이 담겨 있다. 모순에 가득 찬 현실을 두고 고뇌하고 갈등하는 정철, 갈수록 정체를 알 수 없는 존재로 될 뿐 새로운 전망을 보여주지 않는 현실, 그러한 내면적인 갈등의 풍경이 바로 망양정에서 본 바다이다.

정철은 갈등에서 벗어나고자 도교사상에 빠지기도 하나 그것은 개인적인 도피일 뿐 갈등의 근원인 현실의 모순을 해결할 수 없다는 것을 깨닫고 성리학의 안분(安分)의 세계로 돌아간다.

나도 잠을 깨어 바다를 굽어보니 깊이를 모르는데 끝인들 어찌 알겠는가. 밝은 달이 온 세상 아니 비췬 데 없구나.

바다의 깊이를 알 수 없다는 것은 그가 자신이 사는 세계를 이해할 수 없다는 말이며, 또한 자신이 지닌 성리학의 세계관으로는 그 시대의 모순과 갈등을 해결할 수가 없다는 뜻이다.

그는 이 모든 것을 구름, 즉 간신 탓이라고 생각했을 뿐이다. 그는 성리학의 세계에 갇혀 있었기 때문에 그 시대에 빚어지는 갈등과 모순이 충신과 간신 사이에서 일어나는 현상이라고만 생각할 뿐 그것들이 중세 양반계급 사회가 지닌 구조적 모순의 결과라는 것을 깨닫지 못했다. 그렇기 때문에 그는 간신이라 생각한 동인이 물러나고 자신이 속한 서인이 정권을 잡는다 하더라도 자신이 그토록 사랑하는 민중들의 삶은 조금도 달라지지 않으리라는 것을 생각할 수 없었다.

그럼에도 자신의 갈등이 해결된 듯 밝은 달이 나타난 것은 정철 자신이 성리학의 안분의 세계에서 스스로 만족했기 때문이다. 이것은 현실에서 모순을 인식했지만 그것을 해결할 새로운 전망을 발견하지 못하고 기존의 성리학 세계관으로 돌아갈 수밖에 없었던 정철 개인의 한계를 보여주는 것이자, 성리학의 세계관으로는 더 이상 현실을 감당할 수 없었던 정철이 속한 양반계급의 비극적인 운명을 보여주는 것이기도 했다.

솔이 솔이라 하니 무슨 솔만 여기느냐

기생들의 시조와 민중문학

태조 이성계가 개국 후 공신들을 불러 큰 잔치를 벌이고 있었다. 이 공신들은 물론 고려왕조에서 벼슬을 한 이들이었다. 설중매(雪中梅)라는 아름다운 기생이 술을 따르고 있을 때 어느 정승이 만취하여 설중매에게 이렇게 말했다.

"내 들으니, 너희들은 아침은 이 집에서 먹고 저녁에는 저 집에서 잔다는데, 오늘은 이 늙은이와 함께 자는 게 어떠한고?"

이에 설중매는 바로 다음과 같이 쏘아붙여 좌중의 개국공신들이 얼굴을 붉혔다 한다.

"동가식서가숙(東家食西家宿)하는 천한 이 기생이야말로 왕씨(고려왕조) 성도 섬기고 이씨(조선왕조) 성도 섬기는 정승과 어찌 천생연분이 아니겠습니까?"

유교 이념을 유교 이념으로써 비판한 날카로운 풍자라 아니 할 수 없다.

기생은 비록 신분상으로는 천민이었지만 그 상대가 왕후장상과 사대부 지배계급이었으므로 노래와 춤, 글씨와 그림, 시문과 가야금 등 웬만한 교양을 모두 익힌 인텔리였다. 그들은 양반들과의 교유를 통해 양반 사회의 실상을 누구보다 잘 알고 비판할 수 있었다.

　성종 때의 일이다. 어느 날 성종이 군신들과 주연을 베풀고 있을 때, 영흥의 명기 소춘풍(笑春風)에게 술을 따르게 했다. 소춘풍은 술을 따라 영상 앞에 잔을 바친 후 시조를 읊기 시작했다.

　요순 시대를 어제 본 듯

　한, 당, 송나라를 오늘 본 듯

기생들은 사대부들의 노리개일망정 그 정신은 결코 그렇지 않았다. 그들의 시조에서는 그 정신의 고고함을 볼 수 있다. 그림은 신윤복의 풍속화다.

고금을 알고(通古今) 사리에 통달한(達事理)
밝은 선비(明哲士)를 어떻다고
저 설 데 모르는 무부(武夫)를 어이 좇으리.

　시조의 내용은, 옛날 요순 시대로부터 한, 당, 송나라에 이르도록 고금
의 일들을 모르는 것이 없는 선비들을 어찌 마다하고 제 설 자리도 모르
는 못난 무관을 따르겠냐고, 문신들을 추어올리고 무신들을 깔본 것이다.
자리에 있던 무신들이 노여워서 어쩔 줄 몰라 하자, 소춘풍은 다시 술잔
을 들어 무신에게 바치고 또 한 수의 시조를 읊었다.

앞서 한 말은 귀를 즐겁게 하는 말이니 허물 마소.
문무일체(文武一體)인 줄 나도 잠깐 아옵거니
두어라 규규무부(赳赳武夫)를 아니 좇고 어쩌리.

　붉으락푸르락하던 무신들의 얼굴이 삽시간에 밝아졌다. 이 시조의 내
용은 '앞서 한 말은 농담일 뿐이니 탓하지 마소. 문신이나 무신이나 한몸
같은 것임을 나도 어렴풋이나마 아니 어찌 씩씩한 무관을 따르지 않겠는
가?' 하는 것이다. 이 노래에 이어 소춘풍은 다음과 같이 또 한 수의 시조
를 읊었다.

제(齊)도 대국이요, 초(楚)도 역시 대국이라
조그만 등(藤)나라가 제나라와 초나라 사이에 있으니
두어라 이 좋으니 제도 섬기고 초도 섬기리라.

자신을 작은 등나라에 비유하고 문무신을 제와 초의 큰 나라에 비유하여 양쪽 다 섬기겠다고 하여 좌중을 즐겁게 한 것이다. 비록 천한 기생이었지만 임금을 앞에 두고 문무백관을 울렸다 달랬다 하는 소춘풍의 배포와 파격은 통렬한 것이라 아니 할 수 없다. 떳떳한 한 인간으로서 지배질서를 완곡하게 희롱할 줄 아는 이런 정신이 후대 민중문학의 밑거름이 된 게 아닐까?

"청산리 벽계수야……."의 황진이의 시조도 이러한 정신의 소산이라 할 수 있을 것이다. 내로라하는 양반들을 희롱하고 풍자했던 기생들의 삶과 문학은 유교문화에 대한 대혁명을 예비하는 것이었다. 사대부들의 노리개일망정 그 정신은 결코 그렇지 않다는 고고함이 기생들의 시조에는 도사리고 있었다.

> 솔이 솔이라 하니 무슨 솔만 여기는다.
> 천심절벽(千尋絶壁)에 낙락장송(落落長松) 내 그로다.
> 길 아래 초동의 접낫이야 걸어볼 줄 있으랴.

송이(松伊)라는 기생이 쓴 시조이다. '세상 사람들아, 나를 두고 솔아, 솔아(자신의 이름) 하고 천대하지만, 나를 어떻게 생각하고 그렇게 함부로 대하느냐? 비록 천한 기생이지만 내 정신까지 천할까보냐? 내 정신은 천길 벼랑 위에 우뚝 솟은 소나무처럼 고고하니, 어찌 보잘것없는 당신들의 상대가 될까보냐?' 이러한 항변의 밑바닥에는 계급사회에서 벗어나 인간성 해방을 염원하는 인간선언의 정신이 흐르고 있는 것이다.

절굿공이가 호적에 오르는 시대의 시

다산 정약용의 시

『목민심서』로 유명한 조선 후기의 실학자 정약용은 오늘날 우리가 생각하는 이미지와 달리 감수성이 남달리 예민했던 것 같다.

젊은 시절 그는 몇몇 친구들과 '죽란시사'라는 시 모임을 만들어 철따라 시를 지으며 풍류를 즐겼다고 한다. 그들은 살구꽃이 피면 모이고, 복숭아꽃이 필 때와 한여름 참외가 익을 때 모였으며, 연꽃이 피면 또 모였다. 그리고 눈 속에 국화가 피어날 때와 해가 바뀌기 전 매화가 피면 모였다. 특히 연꽃이 필 때면 어둠이 채 가시지 않은 새벽 연못으로 배를 저어가 연꽃이 피는 소리를 들었다.

그렇다. 예술은 꽃이 피는 소리를 들을 수 있는 예민한 감수성 속에서 태어나는지도 모른다. 그러나 이러한 섬세한 감수성이 병적인 유미주의로 빠진다면 예술은 결코 위대하고 건강한 예술이 될 수 없다. 다산의 시는 이러한 섬세한 감수성이 자연뿐만 아니라 시대 현실을 예민하게 관찰하고 비판하는 예술적 원리가 되고 있음을 보여준다.

시대를 아파하고 퇴폐한 습속을 통분히 여기지 않는 것은 시가 아니
다. 옳은 것을 찬미하고 잘못을 풍자하고 선을 권장하고 악을 징계하
라는 뜻이 없으면 시가 아니다.
항상 힘없는 사람들을 도와주고 가난한 사람을 구제하여 가슴 아파하
여 차마 버리지 않을 마음을 가져야만 비로소 시라고 할 수 있다.

이 글은 다산이 강진 유배 시절에 아들에게 보낸 편지 중의 한 구절이
다. 여기서 우리는 다산의 위대한 리얼리즘 정신을 엿볼 수 있다. 시는 달
과 꽃과 이별을 노래할 뿐만 아니라 그 시대의 절실한 문제들을 노래할
수 있어야 한다는 것이 다산의 시론이다. 그래서 그는 당시 사대부들의
명철보신(明哲保身 : 사리에 밝아 자기 몸을 보존함), 천석고황(泉石膏肓 : 산수를 지극

정약용이 많은 저술을 남긴 전남 강진군의 다산초당. 정약용은 이곳에서 아들에게 시는 시대의 절실한
문제를 다루어야 한다는 내용의 편지를 보냈다.

히 사랑하여 마치 불치의 병에 걸린 것 같이 되었음)을 앞세운 자연도피를 못마땅하게 여겼다. 그가 살던 시대는 꽃과 달을 노래할 수 있는 시대가 아니었다. 세금으로 재산을 뺏기고, 농사지을 땅조차 모조리 빼앗긴 농민들이 전국 각지에서 들고일어날 수밖에 없던 참혹한 수탈의 시기였다. 도대체 당시 민중들의 삶이 어느 정도였을까?

먼저 다산의 대표적 시인 「애절양(哀絶陽)*」을 감상하기로 하자.

갈밭마을 젊은 여인 울음도 서러워라.

고을 문 향해 울부짖다 하늘 보고 호소하네.

군인 남편 안 돌아옴은 있을 법한 일이나

예부터 생식기를 잘랐다는 말은 못 들었네.

시아버지 죽어서 이미 상복 입었고

갓난아인 배냇물조차 안 말랐는데

군포 징수에 삼대가 걸리다니

달려가 억울함을 호소하려도

범 같은 문지기가 버티고 있어

이정(里正)이 호통하여 외양간 소를 끌고 갔네.

남편 문득 칼을 갈아 방 안으로 뛰어들자

붉은 피 자리에 낭자하구나.

아이 낳은 게 죄로구나, 스스로 한탄하네.

잠실궁형(蠶室宮刑)*이 지나친 형벌이고

민(閩)* 땅 자식 거세함도 가엾은 일이거든

자식 낳고 사는 건 하늘의 이치

하늘 땅 어울려서 아들딸 되는 것인데

말, 돼지 거세함도 가엾다 하는데

하물며 대를 잇는 백성들에게 있어서랴.

부자들은 한평생 풍악을 즐기면서

쌀 한 톨 베 한 치 바치는 일 없으니

다 같은 나라 백성인데 왜 이다지 고르지 못한고

객창에서 자꾸만 시구편(鳲鳩篇)*을 읊노라.

- **애절양(哀絶陽)** 남자의 생식기 자름을 슬퍼함.
- **잠실궁형(蠶室宮刑)** 궁형이란 생식기를 자르는 형벌인데
  생식기를 자르는 장소가 누에 치는 방(잠실)과 비슷한 데서 생긴 말.
- **민(閩)** 고대 중국의 나라로서, 자식을 낳으면 생식기를 잘라
  종으로 삼는 풍습이 있었다고 전함.
- **시구편(鳲鳩篇)** 통치자는 백성을 고루 사랑해야 한다는 것을
  뻐꾸기에 비유해서 읊은 『시경』의 편명.

이 시는 당시 군정(軍政) 문란의 실상을 생생하게 그리고 있다. '배냇물도 안 마른' 갓난아이에게 군포를 물리고, 죽은 시아버지에게도 군포를 물리는 실상이 드러나 있는 것이다. 이렇게 삼대의 세금을 매겨 소를 끌고 가니, 남편은 아이를 낳은 것이 죄라고 자기의 생식기를 잘랐다.

정약용의 『목민심서』에는 다음과 같은 구절이 실려 있다.

백성은 토지를 밭으로 삼는데, 관리들은 백성을 밭으로 삼아서 백성의 살갗을 벗기고 골수를 빠개는 것을 밭갈이로 여기며, 머릿수를 훑어내

는 것을 가을걷이로 여기는 것이 습성이 되어 있다.

임진왜란으로 많은 땅이 황폐해진 데다 국가재정 확보를 위해 납속책을 펴 양반의 수가 급격히 늘어나 관직을 둘러싼 쟁탈전이 심해졌다. 이런 가운데 양반 토호들이 관리들과 결탁하여 땅을 토지대장에 올리지 않아 국가조세수입이 격감되어 농민들의 부담이 과중하게 되었다.

다산이 쓴 『경세유표』에는 "부자와 토호들이 지방관리들과 결탁하여 조세납부를 회피하고, 황무지를 개간하여 생명을 유지하는 불쌍한 인민들의 토지에는 가혹한 조세를 매기고, 못 물어내고 도망하면 그래도 모자라 이웃이나 친척에게 세금을 강제하고, 집을 뒤져 강탈하고 사람을 결박하고 솥을 빼앗고 소와 말을 끌고 가는 소동을 벌여 울음 소리가 하늘을 진동하여 열 집에 아홉 집은 빈 집이 되었다."고 기록되어 있다.

또한 군포도 원래 양반과 아전, 관노는 병역이 면제된 데다가 일부 농민들도 관리들과 결탁하여 군역을 기피하여 무력한 농민들의 부담이 커지면서 갓난아이와 죽은 사람에게까지 부과하는 웃지 못할 협잡이 성행하게 되었다. 군포를 둘러싼 지방관리들의 횡포는 이에 그치지 않고 "심하게는 배가 불룩한 것만 보고도 이름을 지으며, 여자를 남자로 바꾸기도 하고, 또 그보다 심한 것은 강아지 이름을 기록하니, 이는 사람의 이름이 아니라 정말 개이며, 절굿공이의 이름이 혹 관첩에 나오니 이는 사람의 이름이 아니라 정말 절굿공이이다."라고 다산은 『목민심서』에서 밝히고 있다.

지방관들은 탐학을 일삼고, 봉급을 받지 못한 아전들이 농민을 착취하고 공금이나 관곡을 횡령하는 먹이사슬을 견딜 수 없어 많은 농민들이 유랑 걸식의 길에 들어설 수밖에 없게 되었다. 호남 일대 농민들의 유랑에 대해 다산은 "수삼 년 이래 소위 명문거족과 부호들로서 산 속 깊이 이사 간 자가 진실로 수천이며, 무주와 장수 사이 산골짜기는 초가집으로 가득 차고 순창과 동북 일대의 길이란 길은 유민들로 빼곡이 찼다."고 쓰고 있다. 이런 현실 속에서 진주민란, 동학혁명 등으로 이어지는 농민항쟁이 불타오른 것은 지극히 자연스러운 일이 아닐 수 없다.

앞에서 소개한 다산의 「애절양」이란 시는 바로 이러한 시대 현실을 예민하게 형상화한 작품이다. 이 시에는 현실에서 과장되거나 동떨어진 것이 조금도 없다. 새벽의 연꽃 피는 소리를 듣는 그의 예민한 감수성은 고통받는 농민들의 신음소리 또한 놓치지 않았다. 그의 시가 위대한 이유는 바로 여기에 있을 것이다.

통치자는 인민을 위하여야 하며 인민을 위하지 않는 통치자는 당연히 없애야 한다고 했던 다산, 양반과 대지주를 '큰 도적놈'이라 규정하고 "양 떼에 달려드는 호랑이는 잡아 죽여야 하며 모판에 번식하는 잡초는 뽑아 버려야 한다."고 했던 다산, 밭갈이하는 자만이 토지를 소유할 수 있다고 주장한 다산. 그의 시론이 리얼리즘의 위대한 격언이 된 것은 그러므로 너무나 당연한 일이라 할 것이다.

이러한 시론을 바탕으로 그는 「애절양」 외에 「적성촌에서」, 「여름날 술을 마시며」, 「굶주리는 백성」, 「솔피」, 「고양이」 등 빼어난 리얼리즘 시를 2500여 수나 우리에게 귀중한 문학적 유산으로 남기고 있다.

소년 시대의 신호탄을 올리다

육당 최남선

처……ㄹ썩, 처……ㄹ썩, 척, 쏴……아.

때린다, 부순다, 무너버린다.

태산 같은 높은 산, 집채 같은 바윗돌이나

요것이 무어야, 요게 무어야.

나의 큰 힘 아느냐 모르느냐, 호통까지 하면서

때린다, 부순다, 무너버린다.

처……ㄹ썩, 처……ㄹ썩, 척, 튜르릉, 꽉.

이 시는 육당 최남선의 최초의 신체시 「해에게서 소년에게」의 제1연으로 유명하다. 그리고 그 출전(出典)이 월간 잡지 『소년(少年)』이라는 것도 널리 알려져 있다.

그러나 신체시와 잡지 『소년』이 나오기까지의 시대 상황과 육당의 체

집필에 몰두하는 최남선(왼쪽)과 『소년』 창간호(가운데와 오른쪽)

험은 널리 알려져 있지 못하다. 그러나 이에 대한 이해는 그의 초기 계몽적 문학활동을 이해하는 데 도움이 된다.

최남선은 1890년 서울에서 출생했다. 그의 집안은 대대로 서울에서 살아왔다. 아버지 최헌규는 관상감 기사로 근무하면서 한약방을 경영하고 있었다. 따라서 집안은 한약재 무역으로 대단히 부유하였지만 신분은 양반이 아니라 중인계급이었다. 육당은 여섯 살 때부터 글방에 나가 읽기와 쓰기를 배웠고, 1901년 열 살 무렵에는 『춘향전』, 『심청전』, 『홍길동전』 등의 소설을 탐독하는 한편 그 당시 서양 문명을 소개한 책인 『자서조동(自西徂東)』, 『시사신론(時事新論)』, 『태서신사(泰西新史)』 등을 읽어 서양문물에 눈을 뜨고 세계정세를 알기 시작했다.

1902년, 영일 동맹이 맺어지고 일본이 한국에서 특수한 지위를 갖는다는 승인을 받으면서 한국에는 일본인의 활동이 증가하였다.

이 해, 일본인 나오기치가 서울에 '경성학당'을 열어 일본말과 쉬운 산술을 가르치고 있었는데 최남선은 글방을 그만두고 여기에 들어가 일본말을 공부하였다. 그 당시에는 일본말을 알아야 개화한 사람 행세를 할 수 있었으므로 모두들 다투어서 일본말을 배웠다. 이후 독학으로 공부를 계속하면서 서울에 지국을 개설하고 있던 〈오사카 아사히 신문〉을 정기구독해 일본말과 함께 논설 쓰는 방법도 익혀나갔다. 최남선은 어린 나이였지만 이때 일본어를 배우면서 신문물을 익혀나가는 기민함을 보였는데, 이것은 전통적인 중인 집안에서 자란 그가 세상의 변화에 재빠르게 적응해나가는 가풍의 영향을 받았기 때문이다.

1904년 노일전쟁 직후 한국정부는 일본정부의 요청에 의해 황실 유학생이란 이름으로 청소년 50명을 일본에 유학시키기로 결정하였다. 최남선은 이 선발 시험에 응시하여 가장 어린 나이로 최우수 성적으로 합격하여 그 해 10월 유학의 길에 오른다.

그러나 이 유학은 오래 가지 못하고, 중도하차하고 만다. 그 이유는 아래의 글을 보면 짐작할 수 있다.

"그(최남선)도 다른 유학생과 같이 도쿄부립일중의 기숙사에 들어가 공부를 시작했는데 14세라는 가장 어린 나이였지만 일본어를 할 수 있다는 점 때문에 반장이 되었다. 규율을 중시하는 학교 측은 한국 학생이 창문에서 소변을 보거나 음식물을 훔치는 사건이 발생할 적마다 일본어를 아는 최남선을 불러앉히고 질책했다. 또 나이가 많은 유학생은 유곽에 다니다가 성병에 걸려 최남선의 통역으로 병원에 다녀오기도 했다. 아직 어렸던 그는 부끄러워 통역을 할 수가 없었다. 이러한 일이 거듭되자 최남선은 불과 3개월 만에 귀국하여 버렸다."

당시 황실 유학생이란 대개 부패한 정부고관들의 자제로 이미 어느 정도는 출세가 보장되어 있는 터였고, 유학의 목적은 민족을 깨우치고 국가를 일으켜보겠다는 계몽적 열정 때문이라기보다는 한낱 견문을 넓힌다는

정도 이상의 것이 아니었다. 따라서 이런 틈바구니 속에 있던 육당이 절
망감을 느낀 것은 당연한 일이었다.

그러나 육당은 이 일본 유학의 체험을 통해 두 가지 생각을 갖게 되었
다. 첫째, 서양의 새로운 문물을 받아들이기 위해서는 기성세대에 기대할
수 없고 새로운 세대, 즉 소년이 나서야 한다는 점이었다. 둘째, 일본 출판
계의 번성에 눈이 열렸다는 점이다. 당시 2, 3개의 신문이 겨우 나오는 한
국과 비교하면 각종 신문, 문학잡지, 소년잡지가 매달 발행되어 책방에 넘
치는 광경이 14세의 소년 최남선의 눈에 깊은 인
상을 주었던 것이다.

영웅적 당당함을 지닌 김복
진의 소년상(1940년)은
당시 소년이 새로운 시대를
열 존재로 그려졌음을 보여
준다.

1906년 3월, 육당은 다시 일본으로 건너가 와
세다대학 고등사범부 지리역사과에 입학했다. 그
는 여기에서 그와 더불어 우리나라의 세 천재라
일컬어지는 홍명희(장편역사소설 『임꺽정』의 저자)와
이광수를 만나게 되었다. 그러나 그 해 6월 와세
다대학 학생회 극회의 '모의국회사건'이 일어나
자진퇴학하고 만다. 그 모의국회사건이란 '조선
왕(朝鮮王) 내조(來朝)에 관한 건(件)'으로 자기 나라
의 보호국이 된 조선의 국왕이 일본에 오는 데 대
해서 어떻게 접대하느냐 하는 것을 토의하자는
것으로 사실 조선 국왕을 희롱하고 모욕하자는
속셈이었던 것이다. 이 사건을 본 한국 유학생 70
여 명이 전원 자퇴하고 말았다.

학교를 자퇴한 후 육당은 신문화를 받아들여

민족을 계몽시키기 위해 문화사업을 일으키기로 결심한다. 이를 위해 잡지를 간행하기로 결정한 육당은 아버지에게 간청하여 거금을 얻어 도쿄의 수영사에서 인쇄기, 주조기, 자모기 등을 구입하고 인쇄직공을 데리고 서울로 돌아와 1907년 여름, 인쇄소와 출판사 '신문관'을 설립한다. 그리고 이듬해 11월, 일본 잡지의 형식을 본뜬 호화판 종합잡지 『소년』이 나온다.

이 당시 '소년'이란 뜻은 노년(老年)에 대한 말이어서 '어린이'란 뜻이 아니라 '젊은이'란 뜻이었다.

육당은 이 잡지에 문학뿐 아니라 지리, 역사, 전기 등의 글을 실어 다음 세대를 담당할 젊은이들에게 세계에 대한 지식을 넓히고 진취적인 정신을 심어주고자 했다. 그리고 이 잡지의 권두시가 바로 최초의 신체시 「해에게서 소년에게」이다.

> 처……ㄹ썩, 처……ㄹ썩, 척, 쏴……아.
> 저 세상 저 사람 모두 미우나,
> 그 중에서 똑 하나 사랑하는 일이 있으니
> 재롱(才弄)처럼, 귀(貴)엽게 나의 품에 와서 안김이로다.
> 오너라 소년배(少年輩) 입맞춰주마.
> 처……ㄹ썩, 처……ㄹ썩, 튜르릉, 탁. (제6연)

이 시에는 두 부류의 사람과 세상이 대조되어 있다. 허위와 위선을 부리는 기성세대와 더러운 것이 없는 소년, 편협한 육지의 세계와 한없이 넓고 강한 바다의 세계가 그것이다. 새로운 시대, 근대문명으로 표상되는 바다는 봉건사회의 윤리 속에서 숨죽이며 살아야 했던 존재인 소년을 향해 새로운 시대, 즉 소년들의 시대가 도래하였음을 알리는 것이다.

이것은 근대문물을 적극적으로 도입해서 봉건사회의 껍질을 깨고 새로운 시대를 열어야 한다는 생각을 나타낸 것이다. 그러나 그는 이처럼 서양의 근대문물을 추종하는 데 열중한 나머지 우리 민족의 전통을 긍정하고 올바로 계승하는 데 소홀했다는 한계를 갖고 있다. 그리고 일제의 침략이 본격화되면서 일제에 추종하는 친일의 길을 걷게 되었다.

주요한은 불놀이를 보았을까

시와 체험

한 편의 시나 소설을 읽으면서 때때로 의아해지는 것이 있다. 작품 속의 사건이나 감정을 작가가 어떻게 체험했을까 하는 의문이 그것이다. 특히 한 작품이 주는 감동이 깊을수록 또는 어떤 장면에 대한 묘사가 생생할수록 그러한 의문은 더욱 커진다. 이것은 문학이 반드시 직접체험이 있어야만 가능한 것이 아니라 상상력이 중요하다는 평범한 사실을 알고 있다 하더라도 마찬가지이다.

물론 직접적인 체험이 있으면 보다 풍요로운 작품세계가 펼쳐질 수 있겠지만 문학이란 반드시 직접 체험해야만 쓸 수 있는 것이 아니다.

우리가 문학사에서 의심 없이 받아들이고 있는 것 가운데 하나가 있다. 그것은 주요한이 그 유명한 「불놀이」를 쓰기 전에 불놀이 광경을 직접 보았으리라는 추측이다. 우리는 물론 사실을 확인해 본 적은 없다. 그렇지만 우리는 「불놀이」를 읽으면서 암암리에 그러한 사실이 실제 있었거나

적어도 주요한이 불놀이 광경쯤은 보았겠지 하는 추측을 의심 없이 받아들이고 있다. 게다가 그의 고향이 「불놀이」의 작품배경과 동일한 평양이라는 것을 안다면 그가 불놀이 광경을 보았으리라는 추측은 의심할 여지가 없어져버린다.

주요한은 과연 불놀이를 보았을까? 한 연구자에 의하면 주요한의 「불놀이」는 배경이 되는 불놀이를 직접 체험하고 쓴 것이 아니라 우리가 잘 알고 있는 소설가 김동인의 이야기를 듣고 그것을 토대로 상상력을 발휘하여 쓴 작품이라고 한다.

「불놀이」의 배경이 되는 대동강의 4월 초파일 불놀이 행사는 예부터 있어 온 것이었다. 그 광경이 장대했기 때문에 일부러 불놀이를 구경하러 오는 사람도 많았다고 한다. 그런데 그 불놀이 행사는 한일합병 이후 중단되었다가 1918년에서야 겨우 부활된 것이다.

김동인은 그 당시의 불놀이 광경을 다음과 같이 묘사했다.

몇 해 동안은 벼르기만 하고, 하지는 못하였던 불놀이가 금년에는 실현된다 할 때에, 평양 사람의 마음은 뛰었다. (……) 해가 용악으로 넘고 여드렛날 반달이 차차 빛을 내며 자줏빛 하늘이 차차 푸르게 검게 밤으로 들어설 때까지는 해에게 괴로움을 받던 사람들의 불을 그려 찾아 모여드는 무리, 외로움에 슬퍼하던 사람들의 흥성거림을 찾아 모여드는 무리, (……) 유명한 '불놀이'를 그려 평양을 찾아 모여드는 딴 곳 사람의 무리 (……) 평양성 내에는 늙은이와 탈난 사람이 집을 지킬 뿐 모두 대동강가로 모여들었다. (……) 모든 배들은 일제히 형형색색의 불을 켜 달고 잔잔한 대동강은 노 젓는 소리 한가하게 청류벽을 향하여 올라간다.

수없는 불이 물 위에 움직이고 번하게 빛나는 대기 썩 위에 수없는 연화가 형형색색으로 퍼져 나갈 때 뭇배와 청류벽 기슭과 반월도에서 띄워 내려보내는 큰 수박만큼한 불방석들은 물줄기를 따라서 아래로 아래로 흘러간다.

강 건너 모래섬에 한 간마다 세워놓은 횃불은 간간 부는 바람으로 말미암아 춤을 추어서 물 속에 비친 자기 그림자를 놀리고 있다. 그치지 않고 쏘는 연화는 공중에서 이상하게 퍼지면서 수만의 불티를 날린다. 그리고 물 위에는 형형색색의 배가 불과 사람으로 장식하고 기름보다도 잔잔하고 구름보다도 검고 수정보다도 맑은 물위를 헤어다닌다.

- 김동인, 「눈을 겨우 뜰 때」

주요한이 불놀이를 쓴 당시, 그는 일본 동경에서 유학중이었다.

김동인은 1914년에 아버지를 따라 동경에 유학 갔다가 1917년 아버지의 죽음으로 귀국하여 이듬해 4월에 결혼했다. 그리고 금강산으로 신혼여행을 갔다 온 직후 이 불놀이를 보았던 것이다. 그는 다시 일본으로 가 하숙방에서 친구 주요한에게 불놀이 광경을 이야기해주었고 주요한은 이를 토대로 시를 썼다.

"요한의 많고 많은 시 가운데 『창조』 창간호에 난 「불놀이」는 가장 졸렬한 시일 것이다. 불놀이라 하는 것은 4월 파일의 관화(觀火)를 일컬음이다. 열네 살 때부터 동경 생활을 한 요한은 관화를 본 일이 없다. 여기에서 평양 대동강의 관화는 여사여사한 것이라는 이야기를 듣고 그 들은 바에 상상의 가지를 좀 가미해 쓴 것이 그것이다."

우리는 김동인의 이 말을 듣고 한국 최초의 자유시라 일컬어지는 「불놀이」가 왠지 격이 떨어지는 것 같고 뭔가 속은 듯한 느낌을 받게 된다. 그러나 곰곰이 생각해보면 속인 것은 주요한이 아니라 우리의 선입견이라는 것을 깨닫게 된다. 우리는 평소 문학이란 상상력의 소산이라는 사실을 잘 알고 있으면서도 어느새 그것이 시인이나 작가가 실제로 체험했거나 아니면 그와 유사하게라도 체험한 데에서 나온 것이라는 소박한 생각에 빠지곤 한다. 아마 이러한 생각이 무조건 잘못된 것은 아닐 것이다.

우리가 문학을 공부할 때 작가의 연보나 고향 등에 대해서 조사하는 것은 그 작가의 전기를 통해서 작품을 설명하거나 이해할 수 있는 측면이 있기 때문이 아닌가. 특히 낭만주의 시대에는 작가의 내면과 체험이 곧 문학작품의 원천이라는 문학관이 유행했기 때문에 작가가 실제로 살아온 체험을 중요시했다.

그리고 이러한 문학관이 작품과 작가의 직접체험을 그대로 연결짓는 선입견을 형성시킨 하나의 원인이 된다. 또한 어떤 작품은 작가가 실제로 체험한 사실을 그대로 옮겨놓은 경우도 있어 작가의 체험을 알아내는 일이 작품을 이해하는 데 무척 중요하고 필요한 일이기도 하다.

그러나 작가의 체험이란 언제나 창작의 실마리에 불과할 뿐이지, 그 작품 자체는 아니다. 비유하자면 체험이란 씨앗이라 볼 수 있다. 따라서 중요한 것은 그 씨앗을 어떻게 배양하고 성장시킬 것인가 하는 일이다. 이와 같은 사실을 망각할 때 우리는 작품에 홀려 그것이 마치 작가가 실제로 체험한 것처럼 착각하게 되고, 이러한 착각 또는 선입견 때문에 「불놀이」의 경우처럼 속았다는 느낌을 받게 되는 것이다.

방황하는 까마귀의 노래

소월 김정식

엄마야 누나야 강변 살자

들에는 반짝이는 금모래빛

뒤뜰 밖에는 갈잎의 노래

엄마야 누나야 강변 살자.

— 김소월, 「엄마야 누나야」

우리는 김소월의 이 시를 읽을 때마다 몇 가지 궁금한 점을 느끼게 된
다. 강변이 자연이라면 자연에 가서 살자는 것은 기쁜 일이 아닐 수 없다.

그런데 이 시를 가사로 한 노래는 왜 그다지도 슬픈 것일까? 또 왜 이
시에는 아버지가 나오지 않는 것일까? 아버지가 없는 아이일까? 누나는
웬일일까? 김소월에게는 누나가 없지 않았나 하는 등의 궁금함이 그것
이다.

그러나 가장 궁금한 것은 왜 이 시가 그렇게 수많은 사람들에게 감동을 주었을까 하는 점이다. 특히 식민지 시대를 체험했던 사람들에게 김소월의 시는 그대로 자신들의 마음이자 삶 같았다. 어떤 사람들은 김소월의 시가 전통적인 민족적 정한의 세계를 민요적 율조로 노래했다고 한다.

그러면서 고려가요 「가시리」와 「진달래꽃」의 정서적 연관성을 예로 들어 소월의 시가 주는 감동의 근거를 찾기도 한다.

가시리 가시리잇고
바리고 가시리잇고
날러는 엇디 살라 하고
바리고 가시리잇고

－「가시리」

나 보기가 역겨워
가실 때에는
말없이 고이 보내드리오리다

— 김소월, 「진달래꽃」

그러나 그것보다는 소월의 시는 그 시대를 힘겹게 살아가던 일반 민중들의 내면정서를 깊숙이 건드렸기에 그만한 감동을 주지 않았나 생각된다. 즉 소월의 시에 나타난 슬픈 정서는 전통적으로 내려오는 민족적 정한의 세계와 접맥되지만 그러한 근원과 만나게 했던 직접적 요인은 일제 식민지 초기의 민중들이 겪어야 했던 비극적인 현실이라는 점에서 역사적 성격이 강하다는 것이다.

　그렇다면 그 당시 민중들의 내면 풍경은 어떠한 것이었나. 이것을 가장
잘 보여주는 것이 김소월의 「길」이다.

　　어제도 하룻밤
　　나그네 집에
　　가마귀 까악까악 울며 새었소.

　　오늘은
　　또 몇십 리
　　어디로 갈까.

　　산으로 올라갈까
　　들로 갈까
　　오라는 곳이 없어 나는 못 가오.

　　말 마소 내 집도
　　정주 곽산
　　차 가고 배 가는 곳이라오.

　　여보소 공중에
　　저 기러기
　　공중엔 길 있어서 잘 가는가.

여보소 공중에

저 기러기

열십자 복판에 내가 섰소.

갈래갈래 갈린 길

길이라도

내게 바이 갈 길은 없소.

　이 시는 일제로 표상되는 근대문명의 유입 속에서 전통적인 고향의 모습이 사라지고, 일제 자본의 침투 속에서 삶의 양식이 달라져 황폐화된 식민지 초기의 역사적 상황을 배경으로 하고 있다.

　이 시대를 사는 민중은 이 땅에 살긴 살아도 마음 붙일 데가 없는 나그네의 모습 그 자체였다. 이 시에는 이러한 시대를 살아가는 민중의 두 모습을 보여준다. 하나는 그 동안의 삶의 터전이었던 고향을 포기하고 기러기처럼 훨훨 날아 간도 등 새로운 땅으로 떠나는 민중의 모습이고, 다른 하나는 마을 주변을 맴도는 까마귀처럼 새로운 곳으로 떠나지 못하고 고향 주변만 배회하는 민중의 모습이다. 근대문명이 계몽이라는 얼굴로 전통을 미개라고 질타하고 파괴하고 있었지만 소월은 오히려 전통적인 모습의 고향을 떠날 수 없노라고 하소연한다.

　'나는 못 가오', '내게 바이 갈 길은 없소'라는 넋두리는 파괴되어가는 전통, 사라져가는 조선의 모습을 아쉬워하는 절규의 목소리가 아닌가.

산산이 부서진 이름이여!

허공 중에 헤어진 이름이여!

불러도 주인 없는 이름이여!

부르다가 내가 죽을 이름이여!

- 김소월, 「초혼」 중에서

그렇다고 소월이 근대문명을 완전히 거부했던 것은 아니다. 오히려 근대문명을 동경했다.

"소월은 부귀와 영화가 다 귀찮고 다만 구속 없는 자유만이 그리웠다. 할아버지는 유교사상에 철저하시어 전래대로 살자는 규격을 따지는 엄격한 성품이시고 소월은 할아버지와 견해를 달리하여 새시대의 흐름에 발맞추어 앞장서서 살고자 했기 때문에 늘 마찰이 있었던 것이다."

이처럼 소월은 전통적인 사회, 할아버지의 시대가 근대문명의 유입 속에 사라져갈 수밖에 없었고 또 근대문명을 무조건 거부할 수 있는 것만도 아니라는 것을 잘 알았다. 그런데도 그는 할아버지로 대표되는 전통, 고향을 버릴 수가 없었다. 그렇기에 기러기처럼 훨훨 멀리 떠나가지 못하고 까마귀처럼 마을 어귀에서 떠돌며 방황했던 것이다.

이처럼 고향에 머물러 있을 수도 없고 고향을 떠나버릴 수도 없는 심정, 이것이 바로 일제에 의해 훼손된 현실을 살아가야 했던 민중들의 깊숙한 내면 풍경이었다.

카프(KAPF)

현실 극복의 문학

김 첨지는 방문을 왈칵 열었다. 구역을 나게 하는 추기—떨어진 삿자리 밑에서 나온 먼지내, 빨지 않은 기저귀에서 나는 똥내와 오줌내, 가지각색 때가 켜켜이 앉은 옷내, 병인의 땀 썩은 내가 섞인 추기가 무던 김 첨지의 코를 찔렀다.

"이런 오라질 년, 주야장천 누워만 있으면 제일이야! 남편이 와도 일어나지를 못해."

라는 소리와 함께 발길로 누운 이의 다리를 몹시 찼다. 그러나 발길에 차이는 것은 사람의 살이 아니고 나무 등걸과 같은 느낌이 있었다. 이 때에 빽빽 소리가 응아 소리로 변하였다. 개똥이가 물었던 젖을 빼어 놓고 운다.

(⋯⋯)

발로 차도 그 보람이 없는 걸 보자 남편은 아내의 머리맡으로 달려들

어 그야말로 까치집 같은 환자의 머리를 꺼들어 흔들며,

"이년아, 말을 해. 입이 붙었어, 이 오라질 년!"

"……."

"으응, 이것 봐. 아무 말이 없네."

"……."

"이년아, 죽었단 말이냐, 왜 말이 없어."

"……."

"으응, 또 대답이 없네. 정말 죽었나보이."

이러다가 누운 이의 흰 창을 덮은, 위로 치뜬 눈을 알아보자마자

"이 눈깔, 이 눈깔, 왜 나를 바라보지 못하고 천장만 보느냐, 응!"

(……)

"설렁탕을 사다 놓았는데 왜 먹지를 못하니, 왜 먹지를 못하니. (……) 괴상하게도 오늘은 운수가 좋더니만."

이 장면은 현진건의 「운수 좋은 날」 마지막 대목이다. 주인공인 김 첨지는 인력거꾼인데 근 열흘 동안 돈 구경 한 번 못 하다가 이 날 따라 운수가 좋아 기대 이상의 돈을 벌었다. 그는 컬컬한 목에 술도 한잔 걸치고 그 동안 앓고 있던 아내를 위해 그토록 먹고 싶다던 설렁탕도 사 들고 집에 들어간다.

그렇지 않아도 집을 나설 때 아내가 "오늘은 나가지 말아요. 제발 덕분에 집에 붙어 있어요. 내가 이렇게 아픈데." 하고 목멘 목소리로 애원했지만 그는 "아따, 젠장맞을 년. 별 빌어먹을 소리를 다 하네. 맞붙들고 앉았으면 누가 먹여 살릴 줄 알아?" 하고 쏘아붙이고 나선 터였다. 그렇기에

모처럼 만에 돈 몇 푼을 벌어 설렁탕을 사 들고 집에 돌아온 그의 마음은 여간 의기양양한 것이 아니었다. 그러나 방문을 열자 이미 아내는 죽어 있었고 죽은 이의 젖을 빨던 아들 개똥이만 잠에서 깨어 울고 있을 뿐이었다.

우리는 현진건의 이 소설을 읽을 때마다 식민지 시대 가난한 민중들의 처참한 생존의 모습에 참담한 마음을 금할 수 없게 된다. 특히 김 첨지가 사는 방의 모습은 도저히 사람이 살 만한 곳이 아니며 병자를 놔두고 돈을 벌러 가야 했던 김 첨지의 모습에서 우리는 그 시대가 인간을 얼마나 가혹하고 비참한 지경으로 내몰았는가를 보게 된다.

이러한 비참한 생존을 이어 나가야 했던 민중들의 이야기가 비단 현진건의 소설에서만 아니라 김동인의 「감자」나 최서해, 이익상 등의 1920년대 소설에서 자주 나타나는 것으로 보아, 그 당시가 특히 민중들의 삶이 어려웠던 시대임을 알 수 있다. 1920년대는 일제가 한국을 식민지 구조로 틀지었던 정책의 결과가 사회적으로 눈에 띄게 드러나 일제의 본질이 무엇인지를 알 수 있게 된 시대였다.

일제는 겉으로는 한국을 근대화시키고 있다고 주장하였지만 실제로 농민들은 동양척식주식회사에 토지를 빼앗기고 소작농으로 전락하였으며 소작의 조건은 점점 더 까다로워졌다. 그래서 수많은 농민들이 땅을 등지고 간도로 이민을 가거나 그러지도 못한 사람들은 도시 주변에 모여 빈민가를 형성해, 「운수 좋은 날」의 김 첨지처럼 인력거를 끌면서 남의 집 행랑살이로 그날그날 목숨을 겨우 이어가고 있었다.

이러한 상황 속에서 민중들의 삶을 짐승이나 다름없이 비참하게 만든 일제 식민지 체제와 반봉건적인 토지제도를 극복하고 민중을 역사의 주체로 자각하게 하는 예술운동이 일어났는데, 이것이 바로 카프(KAPF) 예술운동이다. 카프 이전에도 민중의 가난을 소재로 기존 사회현실을 비판하는 '신경향파'라는 문학운동이 있었다. 그러나 현실의 문제를 해결할 수 있는 뚜렷한 방안이 없었기 때문에 그 작품의 결말은 주인공이 살인과 방화 등의 반사회적인 행위를 하는 것으로 끝낼 수밖에 없었다.

그러나 카프에 와서는 민중을 가난하게 만든 원인과 그 해결방안을 뚜렷이 제시하여 비극적인 식민지 현실을 극복하고자 했다.

카프가 결성된 것은 1925년 8월로 그 정확한 명칭은 조선 프롤레타리아 예술동맹(Korea Artista Proletaria Federatio)이었다. 여기에 참여한 작가들은 박영희, 김기진, 김복진, 심훈, 김동환, 최서해, 이기영, 이익상, 임화, 권환 등이다. 이들은 그 동안의 문학 및 예술이 비극적인 식민지의 사회현실을 외면하고 지식인들의 유희적 관념세계와 값싼 감상 및 허위적인 낭만의 세계에서만 맴돌고 있었다고 반성하고, 이제 문학 및 예술은 식민지의 왜곡된 현실을 극복하고 민중 모두가 잘 살 수 있는 세상을 건설하는데 기여해야 한다고 주장했다. 그리하여 그들은 식민지하의 민족과 민중의 비참한 실상을 사실적으로 묘사하고 민중만이 이런 왜곡된 역사와 불평등한 현실을 바로잡을 수 있는 유일한 존재라는 사실을 문학 속에 불어넣었다.

다음은 1930년 7월 함경도 단천에서 일어난 봉기 사건을 소재로 한 백철의 시 「봉기하라」이다.

형제들이여!
드디어 봉기의 날은 왔다.

폭압에 항거하여 다시 투쟁으로!

놈들의 조합이 부서지는가
아니면 우리의 힘이 부족한가를
패배하고 맞이하는 북선(北鮮)의 겨울은 한층 추우나
여기 휘몰아치고 있는 세찬 바람에 불타는 의지를 다지며, 형제들이여!
제2의 결전의 날이 바야흐로 닥쳐온다.
준비는 어떠한가, 동지들이여!
폭풍을 뚫고
다시 봉기하라!

이 시에는 일제 총독부 권력에 대항하는 단천 소작인들에게 패배의 겨울을 이겨내고 다시 투쟁을 준비하자는 내용이 담겨 있다. 이전의 문학에선 소작인이 지배계급에 예속된 불쌍한 존재였다면 이 시에서는 왜곡된 역사를 극복하는 주체로서 설정되어 있다. 카프의 활동의 의의도 바로 여기에 있다고 할 수 있다.

즉 그 동안 문학은 지배계급의 이데올로기를 문학적으로 수식하거나 당면한 현실을 외면하고 자연의 영원함을 노래하는 것이 대부분이었고, 혹 민중의식을 다룬 것이 있다 하더라도 그것은 고통받는 민중의 신음이거나 그러한 현실을 비판, 풍자하는 정도였다. 그 어느 것도 민중이 역사의 참된 주체이며, 민중에 의해서만 비극적인 현실과 모순된 역사가 극복되리라는 주장을 한 것은 없었다. 그러나 카프에 이르러서 한국문학은 민중이 이 세계의 주인이며 그들에 의해서 역사가 변화될 수 있다는 선언을 하였다. 또한 문학과 예술은 현실을 떠난 이상이나 아름다움을 추구할 때 보다는 민중과 민족의 삶과 현실에 깊이 뿌리박고 그들의 고통에 동참하여 모두가 주인이 되는 새로운 세계의 건설에 기여할 때 가장 커다란 의미가 있다고 주장하였다.

카프의 이러한 주장과 기치는 많은 사람들에게 감동을 주고 영향력을 미쳐 1920년대 말과 1930년대 초에는 문단과 예술계의 대부분이 카프의 주도하에 있게 되고 그 지도를 받았다. 이 기간 중 카프는 한때 경직되고 관념적인 창작방법 등으로 작품활동이 위축되는 상황을 맞이하기도 했지만 임화, 조명희, 이기영 등의 뛰어난 시인과 소설가를 배출하기도 하였다.

그러나 카프는 일제의 철저한 탄압에 의해 그 충분한 결실을 맺지 못한 채 1935년에 해산하지 않으면 안 되었다. 그렇지만 이것은 카프라는 단체의 해산이었을 뿐이지 그 운동이 지향하는 목표와 활동의 포기는 아니었다. 그리하여 오늘날 우리가 민중문학이라 부르는, 현실 변혁을 지향하는 문학 전통의 한 흐름으로 이어져 내려오고 있다.

대지에 뿌리박고 살고 싶었던 사람

이상

　이상만큼 많은 일화를 남긴 시인이 또 있을까? 만 26세 7개월 만의 요절, 그의 소설과 시의 주인공이 된 금홍, 순옥, 변동림 등 여인들과의 애정행각, 난수표 같은 그의 시, 봉두난발에 구레나룻 그리고 백단화에 스틱까지 휘두르며 기행으로 일관한 그의 삶은 많은 사람들의 관심을 끌기에 충분했다. 설익은 문학 지망생들은 그의 난해한 시를 제대로 이해하지도 못하고 그의 기교만 모방하려는 일도 적지 않은 것 같다.

　그의 시 「오감도」가 1934년 〈조선중앙일보〉에 연재되었을 때 식민지 조선의 여론은 발칵 뒤집혔다. 첫 회인 시 제1호를 보자.

　13인의아해가도로로질주하오.

　(길은막다른골목이적당하오.)

　제1의아해가무섭다고그리오.

제2의아해도무섭다고그리오.

제3의아해도무섭다고그리오.

(……)

제13의아해도무섭다고그리오.

13인의아해는무서운아해와무서워하는아해와그렇게뿐이모였소.

(다른사정은없는것이차라리나았소.)

그중에1인의아해가무서운아해라도좋소.

그중에2인의아해가무서운아해라도좋소.

그중에2인의아해가무서워하는아해라도좋소.

그중에1인의아해가무서워하는아해라도좋소.

(길은뚫린골목이라도적당하오.)

13인의아해가도로로질주하지아니하여도좋소.

떼어쓰기도 무시되고 도대체 무슨 뜻인지도 알 수 없는 내용에다, 그 내용까지 모순되게 표현된 이런 장난 같은 것을 시라고 신문에 발표하였으니 소동이 일어나지 않을 수가 없었다.

1934년 여름 〈조선중앙일보〉 학예부장으로 있던 소설가 이태준은 소설가 박태원과 상의하여 이상의 시를 연재하기로 하였다. 이 연재가 일으킬 소동에 대비하여 이태준은 사직서를 주머니에 넣고 출근하였다. 물의는 사내에서 먼저 일어났다. 문선(文選)에서 사전에도 없는 '烏瞰圖(오감도)' 대신 '鳥瞰圖(조감도)'로 채자하여 올려보내자 교정부에서는 '鳥'를 '烏'로 고치고, 문선에서는 또다시 '鳥'로 뽑고 교정부에서는 다시 '烏'로 고치고 하는 소란이 반복되었다.

　시 제2호는 '나의아버지가나의곁에서조을적에는나는나의아버지가되고또나는나의아버지의아버지가되고……'라는 것이었고, 시 제4호는 거꾸로 쓴 숫자의 배열로 된 진단서였으며 5호는 선의 도형으로 이루어져 시로 봐줄 수 없는 것들의 연속이었다. 독자들의 항의는 과격하여 "미친놈의 잠꼬대가 아니냐?", "무슨 개수작이냐?", "대체 어쩌자는 거냐?"라는 항의와 욕설이 담긴 전화와 편지가 쇄도하였다. 이 엄청난 비난 때문에 30회 예정의 「오감도」 연재는 15회로 끝나고 말았다. 이러한 여론의 비난에 대해 이상은 다음과 같이 반응하며 낙망했다.

　　왜 미쳤다고들 그러는지, 대체 우리는 남보다 수십 년씩 떨어져도 마음놓고 지낼 작정이냐. 모르는 것은 내 재주도 모자랐겠지만 게을러빠지게 놀고만 지내던 일도 좀 뉘우쳐보아야 아니 하느냐? 여나무 개쯤 써보고서 시 만들 줄 안다고 잔뜩 굴러다니는 패들과는 물건이 다르다. 2천 점에서 30점을 고르는 데 땀을 흘렸다.

　시대가 뒤떨어져 있음을 탓한 이상. 그러나 이상 그 자신은 시대의 한계를 뛰어넘지 못하고 절망하고 있었다. 그는 끊임없이 현실을 벗어나 날고자 했고, 전통으로부터 벗어나 미래로 달리고자 했으나 절망밖에 얻지 못했다. 그의 이러한 난해한 시들도 실상 그 자신의 절망을 기록한 것에 지나지 않았다. 그는 "현대인은 절망한다. 절망은 기교를 낳고, 그 기교 때문에 또 절망한다."는 유명한 말을 남겼다.

　그러면 그렇게 난해한 기교를 낳은 이상의 절망은 무엇이었는가? 그것

절망의 시대를 산 이상. 화실에서 작업하고 있는 모습이다.

은 대개 세 가지 면으로 살펴볼 수 있다.

첫째, 그가 살던 시대가 절망의 시대였다. 그는 한일합방이 된 지 얼마 안 된 1910년 8월 20일(음력)에 태어났고, 그가 시를 쓰기 시작한 1930년 대는 3·1 운동 이후 고조되었던 민족운동이 일제의 가혹한 탄압으로 힘을 잃어가던 시기였다.

둘째, 개인적으로 그는 이미 각혈까지 하는 중증의 폐병환자로 생존 자체가 위협받고 있었다. 그 실존의 흔들림을 이상 자신의 목소리로 들어보자.

두루마기 아궁텡이 속에서 바른손이 왼손을 아구에 꼭 쥐고 땀을 흘리고 있습니다. (……) 머리카락은 모자 속에서 끽소리가 없습니다. 어떻게 생각하면 이 가난한 모체를 의지하고 저러고 지내는 각 부분들이 무한히 측은한 것도 같습니다. 땅으로 치면 토박한 불모지 셈일 거니까. 눈도 퀭하니 힘이 없고 귀도 먼지가 잔뜩 앉아서 주접이 들었습니다. 목에서는 소리가 제대로 나기는 하지마는 낡은 풍금처럼 윤기가 없습니다. 콧속도 늘 도배한 것 낡은 것 모양으로 구중중합니다. 20여 년이나 하나를 믿고 다소곳이 따라 지내온 그네들이 여간 가엽고 또 끔찍한 것이 아닙니다. 이런 그윽한 충성을 지금 그냥 없이 하고 모체 나는 지금 망하려 드는 것입니다. 일신의 식구들이 손, 귀, 코, 발, 허리, 종아리, 모 등 주인의 심사를 무던히 짐작하나 봅니다. 이리 비켜 서고 저리 비켜서고 서로서로 쳐다보기도 하고 불안스러워하기도 하고 하는 중에도 서로서로 의지하고 여전히 다소곳이 닥쳐올 일을 기다리고만 있는 것 같습니다.

마지막으로 그의 가족사가 절망의 가장 큰 조건이 되었다. 그의 조상들은 양반의 끄트머리쯤은 유지해왔으나 이상이 태어날 무렵 아버지는 활판소 직공으로 있다가 손가락 셋을 잘린 뒤 당시에는 천하게 여겼던 이발업을 하고 있었다. 그의 어머니는 친정도 없고 이름도 없는 곰보였다. 그가 세 살 때부터 양자로 갔던 큰아버지는 자식을 데리고 온 여자와 살고 있었다. 이미 내세울 수 없을 정도로 몰락한 가문인데도 이상은 친부모를 떠나 가문을 이어야 했고, 큰아버지가 죽은 뒤에는 다시 본가로 돌아와 가족의 부양을 책임져야 하는 위치에 있었다. 유교적 가족제도는 이상의 일생을 압수하려는 절망적인 존재였다. 죽음의 그림자까지 어른거리는 허약한 그에게 가족의 무게는 감당할 수 없는 것이었다. 그래서 그의 시는 가족과 전통적인 유교질서에서 벗어나려는 의식으로 가득 차 있다.

크리스트에 혹사한 한 남루한 사나이가 있으니 이이는 그의 종생과 운명까지도 내게 떠맡기라는 사나운 마음씨다. 내 시시각각에 늘어서서 한 시대나 눌변인 트집으로 나를 위협한다. (……) 나는 이 육중한 크리스트의 별신(別身)을 암살하지 않고는 내 문벌과 내 음모를 약탈당할까 참 걱정이다.

이미 경제능력을 상실한 아버지의 자식에 대한 종손으로서의 요구, 그것은 이상으로선 감당할 수 없는 압박감이 되었고, 이상은 이러한 아버지에 대한 거부의 의식으로 부살해(父殺害)의 상징적 제의를 감행한 것이다. 여기서 부(父)는 가부장적 가족제도를 의미한다. 그러고는 그는 새로운 혈통을 열어보겠다는 생각을 한다.

7년이 지나면 인간의 세포가 최후의 하나까지 교체된다고 한다. 7년 동안 나는 이 육친들과 관계없는 식사를 하리라.' 그리고 당신네들을 위하는 것도 아니고 또 7년 동안은 나를 위하는 것도 아닌 새로운 혈통을 열어보겠다 하는 생각을 가져보아서는 안 되나.

— 「실락원」 중에서

그의 시가 그렇게 난해한 전위적인 표현으로 빠져든 것도 결국은 유교 질서로 대변되는 그 지긋지긋한 전통으로부터, 이러한 전통이 악착같이 지배하는 현실에서 벗어나고자 하는 데서 나온 것이다. 그래서 그의 시에는 속도와 관계된 표현이 많다. 달려나가고 싶은 그의 의식이 표현된 것이다. 그럼에도 그것은 실패로 나타난다. 벽이 있다. 앞에서 소개한 시

의 막다른 골목이 바로 벽이고 절망
이다.

　달아나는 것이 불가능해지
자 이상은 거울을 바라본다.
그의 시에는 거울이 많이 나
온다. 그런데 거울 속은 소
리도 없고 조용하기만 하다.
"거울 속의 나는 외출중이
다." 전통을 살해하고 난 자리
에 존재하는 것이 있을 리 있겠
는가? 전통을 살해하면서 그는 그가
발디디고 선 현실, 그가 의지한 모태까지

죽여버린 것이다. 오로지 현대적인 것(기교)만 추구하던 그에게는 텅 빈
공간(거울)만 주어진다. 그것은 비존재에 대한 불안으로 나타난다. 그의
시가 불안의 징후에 가득 차 있는 것은 결국은 그가 전통을 살해했기 때
문이다. 전통에서 벗어나 무작정 달려나가다 보니, 텅 빈 공간이다. 그것
은 불안이다. 세계의 상실이다.

　이 점은 이상 자신도 느꼈던 것 같다. 그의 시가 후기로 갈수록 기교주
의를 벗어나고 있다는 것이 그 증거이다. 그리고 현실의식을 담고 있다.
그가 시작(詩作)을 일본어로 시작하여, 도형과 숫자를 넘어 서정성을 회복
하고 소설로 나아가게 되는 것이 그 증거이다. 그리고 이상은 다음과 같
이 외치고 있었다.

용수(榕樹)처럼 나는 끈기 있게 지구에 뿌리박고 싶다. 사나토리움(요양소)의 한 그루 팔손이 나무보다도 나는 가난하다.

'19세기와 20세기의 틈바구니에 끼여 졸도하려는 무뢰한'이라고 스스로를 표현했던 이상, 그가 진실로 절망을 극복하기에는 그에게 주어진 조건이 너무나 열악한 것이었는지 모른다. 그러나 그가 식민지 민중의 현실을 좀더 애정을 가지고 껴안는 시인이었다면 그는 기교로 도피하지 않아도 되었으리라. 현실(전통과 역사가 살아 있는)을 사랑하는 마음 속에서 절망은 극복되는 것이다. 이상과 흡사한 면모를 지닌 1960년대 김수영의 다음 시는 그래서 아름답다.

전통은 아무리 더러운 전통이라도 좋다.
나는 광화문 네거리에서 시구문의 진창을 연상하고 인환네 처가집 옆
　　의 지금은 매립한 개울에서
아낙네들이 양잿물 솥에 불을 지피며 빨래하던 시절을 생각하고 이 우
　　울한 시대를 파라다이스처럼 생각한다.
버드 비숍 여사를 안 뒤부터는 썩어 빠진 대한민국이 괴롭지 않다.
오히려 황송하다.
역사는 아무리 더러운 역사라도 좋다.
진창은 아무리 더러운 진창이라도 좋다.
나에게 놋주발보다도 더 쩽쩽 울리는 추억이 있는 한
인간은 영원하고 사랑도 그렇다.

　　　　　　　　　　　　　　　　　　　　　　　－「거대한 뿌리」 중에서

마음속에 그려진 길

목월과 효석의 세계

이즈러는 졌으나 보름을 갓 지난 달은 부드러운 빛을 흐뭇이 흘리고 있다. 대화까지는 칠십 리의 밤길, 고개를 둘이나 넘고 개울을 하나 건너고, 벌판과 산길을 걸어야 된다. 길은 지금 긴 산허리에 걸려 있다. 밤중을 지난 무렵인지 죽은 듯이 고요한 속에서 짐승 같은 달의 숨소리가 손에 잡힐 듯이 들리며, 콩포기와 옥수수 잎새가 한층 달에 푸르게 젖었다. 붉은 대궁이 향기같이 애잔하고 나귀들의 걸음도 시원하다. 산허리는 온통 메밀밭이어서 피기 시작한 꽃이 소금을 뿌린 듯이 흐뭇한 달빛에 숨이 막힐 지경이다. 길이 좁은 까닭에 세 사람은 나귀를 타고 외줄로 늘어섰다. 방울 소리가 시원스럽게 딸랑딸랑 메밀밭께로 흘러간다.

이 글은 이효석의 출세작 「메밀꽃 필 무렵」의 한 대목이다. 이 소설을 읽은 사람들은 푸른 달빛에 젖은 메밀꽃이 소금을 뿌린 듯이 피어 있는 길의 서정성과 분위기에 압도되고 황홀감마저 느끼게 된다. 게다가 이 길을 걷고 있는 세 사람은 어디에도 정착할 곳 없이 장터로 떠돌아다니는 장돌뱅이들이기 때문에 낭만적인 애수마저 느끼게 된다.

보통 길이라 하면 그곳은 집 또는 고향과 대립되는 공간이다. 어떤 목적지를 향해 가는 도정이기 때문에 안식할 수 있는 공간이 아니며, 특히 이 소설에서 보이는 길은 장돌뱅이들의 길이기 때문에, 다음 장터로 가기 위해 밤새 걸어야 하는 고생스러운 길이다. 그래서 밤길을 가는 세 사람 중 한 사람인 조 선달은 더 이상 길 가는 일을 포기하려고 한다.

"늙은 막바지까지 장돌뱅이로 지내기도 힘드는 노릇 아닌가? 난 가을까지만 하구 이 생애와두 하직하려네. 대화쯤에 조그만 전방이나 하나 빌리구 식구들을 부르겠어. 사시장철 뚜벅뚜벅 걷기란 여간이래야지!"

그러나 주인공 허 생원의 생각은 전혀 달랐다. 그에겐 장에서 장으로 가는 길의 아름다움이 그대로 그리운 고향이었다. 그렇다고 따스하게 쉴 수 있는 집(고향)이 그립지 않은 것은 아니었다. 그가 장터에 있는 마을에 겨우 가까웠을 때 족히 저녁녘이어서 집들에서 피어나는 따스한 등불들이 어둠 속에서 깜박거릴 무렵이면 형언할 수 없는 그리움에 가슴은 여지없이 뛰놀았던 것이 아닌가. 그럼에도 허 생원은 나그네처럼 유랑하는 길 위의 삶을 포기하지 않고 오히려 길에서 편안함을 느낀다. 어떻게 길이 그리움의 고향이며 마음의 안식처가 되었을까?

이런 허 생원과는 달리 1920년대 소월은 길 위에서 방황하고 있다며 오히려 슬퍼하고 한탄하지 않았던가.

우리는 식민지 시대의 시나 소설에서 '길'이라는 이미지가 자주 등장하는 것을 본다. 그런데 그 이미지는 왠지 쓸쓸하고 침울한 그늘을 드리우고 있다. 특히 소월의 시에서는 그 길이 밝은 미래나 더욱 성숙한 경지로 나아가는 단계로 보이기보다는, 가야 할 목적지도, 쉴 만한 안식처도 보이지 않고 기껏해야 텅 빈 하늘만 끝없이 펼쳐져 있는 답답하고 고통스러운 행로 같기만 하다. 그런데 어떻게 이 길이 허 생원의 길처럼 그리운 고향이며 마음의 안식처가 되었을까?

소월이 시를 쓰던 1920년대는 허 생원의 시대인 1930년대와 달리 근대문명의 침투 속에서 고향의 모습과 사람들의 삶이 급격히 변화하고 있던 과도기였다. 어린 시절부터 정답게 걷던 논두렁길은 낯설고 황량한 신작로가 되었고, 마음을 녹여주던 초가집은 딱딱한 일본 집으로 바뀌었으며 말이 지나가던 길에는 시커먼 기차가 무섭게 질주하고 있었다. 이와 더불어 삶은 끈끈한 인정 대신 금전이 지배하였고, 계몽이라 이름붙인 근대문명은 전통적인 삶과 풍물을 주변으로 내몰아버렸다. 동양척식주식회사에 땅을 빼앗긴 농민은 하나 둘 고향을 떠나버리고 남은 자리엔 어느새 일본인들이 무서운 주인 행세를 하고 있었다.

이처럼 근대문명의 침투와 일제의 식민지 재편의 구도 속에서 고향의 전통적인 모습이 끊임없이 변해가자 고향이란 사실상 이름으로만 존재할 뿐 더 이상 삶의 터전도 마음의 안식처도 될 수 없었다. 사람들은 마치 고향에서 갑자기 내쫓긴 것 같았으며, 이제 어디로 가야 할지도 몰랐다.

1920년대의 '길'이란 바로 이러한 체험의 표현이다. 그래도 그때는 고향의 모습이 완전히 달라진 것은 아니어서 군데군데 사라져가는 시대의 모습을 희미하게나마 보여주는 흔적이 남아 있었다. 소월은 바로 이와 같은 흔적을 부여잡고 한 시대가 지나감을 끝없이 통곡하며 슬퍼할 수 있었다.

그러나 1930년대는 사정이 이와 전혀 달라졌다. 이미 식민지 사회 정착기에 들어선 조선은 더 이상 고향이 될 수 없었다. 고향의 외형적 모습이 변한 것도 변한 것이지만 그 속에서 삶의 방식이 과거와 전혀 다른 방식으로 운영되었기 때문에 마치 그들은 과거와는 전혀 다른 시간과 세계 속에 들어온 것 같았다. 고향에 있어도 있는 것 같지 않았다.

몸은 비록 고향에 살고 있지만 모든 것이 낯설었고, 마음은 고향을 떠나 목적지 없는 길을 끝없이 걷고 있을 뿐이었다. 그렇기에 더 이상 고향에 대한 그리움도 애착도 있을 수 없었다. 허 생원은 이러한 심경을 「메밀꽃 필 무렵」에서 다음과 같이 표현하고 있다.

> "옛 처녀나 만나면 같이나 살까. (……) 난 거꾸러질 때까지 이 길 걷고 저 달 볼 테야."

허 생원에게는 장에서 장으로 가는 고통스러운 길이 이제는 그리운 고향이며 마음의 안식처가 되어버린 것이다. 이러한 체념적 내면 풍경은 일제 말에 쓰여진 박목월의 시 「나그네」에서도 볼 수 있다.

구름에 달 가듯이
가는 나그네.

길은 외줄기

남도 삼백 리.

술 익는 마을마다
타는 저녁놀

구름에 달 가듯이
가는 나그네.

　일제에 의해 모든 것을 빼앗긴 현실 속에서 민족은 더 이상 자신의 운명을 결정할 수 없고, 민족은 그 스스로가 고향의 주인이 아니다. 그래서 고향에 있어도 마치 유랑하는 나그네처럼 느껴졌던 것이다. 그리고 일제가 군림하는 고향에 사는 것보다 차라리 나그네처럼 끝없이 길을 가는 쪽이 아름답고 그것이 그대로 그리운 고향이 되어버린 것이었다.

　그러나 체념적 심경에서 나온 이토록 아름답고 외로운 길이 민족의 전통적이고 근원적인 정서의 표현이라 할 수 없고 또 우리가 걸어야 할 긍정적인 길이라 할 수도 없다. 왜냐하면 그 길은 일제 식민지 상황이 빚어낸 비극적인 역사의 산물이기 때문이다. 그래서 마음속에 그려진 길, 허생원이 걷던 밤길이, 나그네가 유랑하던 삼백 리 길이 끝난 것은 민족해방의 시점에서였다.

어둠 속에 핀 꽃

윤동주

　태평양 전쟁이 한창이던 1943년 초여름 저녁, 일본 경도, 북동쪽의 목조 2층 아파트 육첩방에서는 두 학생이 나직한 목소리로 이야기를 나누고 있었다. 방 한쪽 책상 위에는 정지용 시집, 영랑 시집, 프랜시스 램의 시집들이 가지런히 꽂혀 있었다. 간간이 그들의 목소리가 매화 향기처럼 은은히 문밖으로 새어 나왔다.

　밖에서 누군가가 그들의 이야기를 엿들으며 수첩에 부지런히 받아적고 있었지만 방 안의 두 학생은 알지 못했다.

　"전쟁이 곧 끝날 거야. 일본이 패망할 날도 멀지 않았어."

　"일본이 약해지거나 패망하게 되면 우리는 독립운동을 벌여야 해."

　"지금 일본은 우리 민족성을 말살하기 위해 조선어 사용 금지, 신문, 잡지의 폐간을 단행했어. 결국엔 우리 민족을 완전히 없애려는 의도야."

　"그래, 우리 문화와 민족의식을 소멸시켜 우리 민족을 없애려는 거지."

윤동주(왼쪽)와 그의 육필 원고(오른쪽)

"우리 민족이 살고 독립을 이루려면 무엇보다 먼저 우리의 민족 문화를 지키고 보존해야 할 것이다. 우리 민족은 일본 사람들이 말하는 것처럼 열등한 민족이 아니야. 지금은 모두가 분열되어 있고 지치고 절망해 있지만 문화적으로 계몽만 하면 머지않아 고도한 문화민족이 될 거야."

"그렇지. 그리고 이 일에 대한 책임은 남들보다 많이 배운 우리들에게 있겠지."

밖에서 인기척 소리가 들리자 두 학생은 황급히 이야기를 멈추고 각자 책을 읽는 척한다. 잠시 후, 한 학생이 조심스레 방문을 열고 고개를 두리번거리더니 안도하는 표정으로 다시 문을 닫았다. 방 안에서는 다시 이야기 소리가 들리기 시작했다.

이렇게 은밀히 이야기를 나누고 있는 두 학생은 다름아닌 시인 윤동주와 그의 고종형 송몽규였다. 우리에게 잘 알려지지 않은 송몽규는 윤동주와 함께 민족의식이 강하게 흐르던 간도에서 태어나 어린 시절을 보내고, 중학교를 졸업한 후에는 혈혈단신으로 남경에 있던 김구를 찾아가 낙양 군관학교에서 군사교육을 받은 민족의식이 투철한 학생이었다.

그와 어린 시절부터 같이 공부하던 윤동주는 고종 사촌 형인 송몽규의 영향을 많이 받은 것으로 보인다. 그들은 연희전문학교(연세대학교의 전신)를 졸업하고 일본 경도로 건너가 수학하면서 이른바 의식화 학습 같은 것을 하고 있었던 것이다. 그들의 대화 내용은 오늘날 우리가 볼 때 크게 문제 삼을 만한 것이 아닌 지극히 당연한 민족주의 의식 고취 정도였다. 그러나 민족을 말살하기 위해 우리말 사용마저 금지, 탄압하였던 참담한 일제 말의 상황하에서 이러한 대화는 무척 불온한 것으로 규정되었고, 또한 위험천만한 일이었다.

우리에게 언제나 나약하고 창백한 학생이자 지식인의 모습으로 다가오는 윤동주는 삼엄한 일제 말의 상황에서도 이와 같은 소극적인 저항마저 포기할 수 없었던 것이다. 우리는 여기에서 시인 윤동주가 오랫동안 쓸쓸해하고 고통스러워했던 것이 무엇인지 알 듯하다.

그것은 자기 민족이 다른 민족에게 예속과 억압을 받고 있을 때 한 개인이 어떻게 성실하게 살 수 있는가 하는 문제였다. 적어도 그는 아무런 문제 없이 시간만 흐르면, 학교만 졸업하면 성실한 삶이 되고 성숙한 어른이 된다는 그릇된 생각은 하지 않았던 것 같다. 그에게 성실하게 산다는 것은 자기 시대에 부여된 과제, 즉 식민지 시대에는 민족해방을 회피하지 않고 감당해야 함을 뜻했다.

그러나 그는 성격이 무척 내성적이었고 나약한 기질마저 지니고 있었다. 게다가 일제의 통치는 더욱더 가혹해져 성실하게 사는 일, 즉 민족해방의 험난한 길에 동참하는 길이란 십자가의 길같이 어렵고 고통스러운 길이었다. 그래서 그는 다음과 같이 고백하기도 한다.

쫓아오던 햇빛인데
지금 교회당(敎會堂) 꼭대기
십자가(十字架)에 걸리었습니다.

첨탑(尖塔)이 저렇게도 높은데
어떻게 올라갈 수 있을까요.

―「십자가」 중에서

그에게 부과된 시대와 민족의 요구가 햇빛에 비유
되었다면 윤동주에게 그것은 더없이 어려운 일
이었다. 왜냐하면 그 햇빛이 뾰족한 첨탑 위 십
자가에 걸려 있었기 때문이다. 정지용의 시를
남달리 좋아했고 영랑의 서정성 속에 함빡 빠
지기도 했던 그는 어린 시절의 행복한 추억 속
에서 현재의 고통과 갈등을 잊어보려 하기도
했다.

어머님, 나는 별 하나에 아름다운 말 한 마디씩 불러봅니다. 소학교(小
學校) 때 책상(冊床)을 같이 했던 아이들의 이름과, 패(佩), 경(鏡), 옥
(玉) 이런 이국 소녀(異國少女)들의 이름과, 벌써 아기 어머니 된 계집
애들의 이름과, 가난한 이웃 사람들의 이름과, 비둘기, 강아지, 토끼,
노새, 노루, 프랜시스 램, 라이너 마리아 릴케 이런 시인(詩人)들의 이
름을 불러봅니다.

이네들은 너무나 멀리에 있습니다.

별이 아슬히 멀 듯이,

어머님,

그리고 당신은 멀리 북간도(北間島)에 계십니다.

—「별 헤는 밤」 중에서

북간도, 그곳은 그에게 어린 시절의 추억이 곱게 담겨 있는 고향이었다. 그는 시대의 밤이 깊어갈수록 아무런 고통도 갈등도 없이 끝없는 동경만으로 가득 찼던 유년 시절의 행복이 그리워지기만 했다.

그러나 현재에 눈을 감고 과거의 상념 속에 빠지면 빠질수록 부끄러움 또한 밀물처럼 밀려왔다. 그것은 자신에게 주어진 시대의 요구, 민족의 과제를 제대로 감당하지 못하고 유년 시절의 행복한 상념에 빠져버린 무력한 자신에 대한 부끄러움이었다. 어디에선가 제 몸을 태워 시대의 어둠을 불사르고 있을 지사를 생각하면 사각모나 쓰고 프랜시스 램이나 읊조리고 있는 나약한 자신은 더없이 부끄러운 존재였다. 게다가 자신은 일본 유학을 위해 히라누마 도오쥬루(平沼東柱)로 창씨개명까지 하지 않았던가.

파란 녹이 낀 구리 거울 속에

내 얼굴이 남아 있는 것은

어느 왕조(王朝)의 유물(遺物)이기에

이다지도 욕될까.

나는 나의 참회(懺悔)의 글을 한 줄에 줄이자

만 이십사 년 일 개월(滿二十四年一個月)을

무슨 기쁨을 바라 살아왔던가.

—「참회록」 중에서

우리는 이 시를 통해 혹독한 일제의 통치가 뼛속까지 차갑던 계절, 끝없이 변절을 강요당하던 시절에 한 인간이 성실하게 살아가는 일이 얼마나 어려운 것인가를 알게 된다. 관념 속으로 회피하지 않고, 자연 속에 자신을 묻어버리지 않고, 유년 시절의 행복한 기억 속으로 숨지 않고, 주어진 현실에 맞서 성실하게 살아가는 일이란 차라리 십자가의 길 같은 고행이었다. 윤동주, 그는 이런 험난한 길을 앞에 두고 무척 갈등했던 것 같다.

하숙방에서 친구들과 독립을 논하고 울적한 마음을 우리말로 다스려보았지만 그것은 그의 성실함의 지향을 만족시켜주지는 못했다. 어쩌면 그는 일제의 통치를 받고 있는 땅에서 발을 디디고 숨을 쉬고 살아 있다는 것 자체가 부끄럽게 느껴졌는지 모른다. 그렇기에 현실 앞에서 갈등하는 나약한 자신의 모습이란 더없이 부끄러운 존재였고 참회해야 할 대상이었다.

그럼에도 그의 시가 우리에게 감동을 주는 이유는 무엇일까? 그처럼 갈등하고 나약한 자신에 대한 부끄러움과 참회의 기록 앞에서 우리가 서늘한 심정이 되는 것은 무엇 때문일까? 그것은 그가 민족의 순교자처럼 일본 남단 후쿠오카 형무소에서 쓸쓸하고 비참하게 죽어갔기 때문만은 아닐 것이다. 그보다는 한 인간이 자신이 살고 있는 시대의 문제를 조금도 회피하지 않고 가장 성실하게 받아들였고 또한 가장 솔직하게 부끄러워하며 참회했기 때문일 것이다. 그렇기에 그의 시가 우리에게 주는 감동의 원천은 그의 죽음에 있는 것이 아니라 그의 치열하고 성실한 삶에 있는 것이다.

곧은 소리는 곧은 소리를 부른다

정직하고 투명한 시인 김수영

끝없이 노력했던 시인 김수영

1968년 6월 15일 밤 11시 10분쯤, 서울 특별시 마포구 구수동 길가에서 술에 취한 한 사나이가 좌석버스에 치여 머리를 크게 다쳤다. 그는 곧바로 적십자 병원으로 옮겨져 치료를 받았으나 끝내 의식을 회복하지 못한 채 다음 날 아침 8시 50분에 숨지고 말았다.

그 사내는 바로 시인 김수영이었고, 당시 그의 나이는 48세였다.

그가 주로 활동했던 1950년대와 1960년대는 궁핍한 시대였다. 이렇다 할 뚜렷한 직업 없이 글만 써서 먹고 살기에는 어림없던 시대였다. 30대 초반에 미군 부대의 통역관, 고등학교 영어교사, 그리고 신문사 기자를 잠

162

깐씩 한 적이 있기는 하지만, 결코 오래 근무한 적이 없으므로 그는 궁핍할 수밖에 없었다. 가장인 남편의 수입이 변변치 않았기 때문에 가난한 그의 아내는 부업 삼아 닭을 상당히 많이 키우게 되었고, 시인 김수영은 졸지에 양계업자 소리를 듣게 되었다. 하지만 닭 치는 일을 돌보기 위해 데리고 살았던 시골 출신 만용이라는 일하는 아이의 학비를 대주기 힘들었다고 하니, 양계에서 얻는 수입도 그리 신통한 것은 아니었던 모양이다.

그런데 이런 집에도 돈이 있는 줄 알고 도둑이 들었다. 김수영이 잠을 자다가 떠들썩한 소리가 나서 일어나보니, 아내가 도둑이 들었다고 고함을 치고 있었다. 그는 아랫배에 잔뜩 힘을 주고 아내와 함께 닭장 쪽으로 기어갔다. 어둠을 뚫고 맞지도 않는 신짝을 끌고 가보니, 만용이와 도둑이 이야기를 주고받고 있었다. 쉰 살이 넘어 보이는 헙수룩한 옷차림의 도둑은 마치 이웃에 놀러 온 사람처럼 태연히 서 있었다.

"당신 뭐요?"

김수영이 위세를 보이느라고 버럭 소리를 질렀다. 아무 대꾸가 없는 도둑의 얼굴은 너무나 온순하고 맥이 풀려 있었다.

"여보, 당신 어디 사는 사람이오? 이 밤중에 남의 집엔 무엇 하러 들어왔소?"

"……"

"닭 훔치러 들어왔소?"

"……"

도둑이 아무런 대꾸도 없이 너무나 조용히 서 있자, 김수영은 갑자기 무서운 생각이 들었다. 손에 흉기라도 들고 있는 건 아닌가 해서 주의 깊게 살폈지만 그런 기색은 없었다.

"이거 보세요, 이런 야밤에……."

김수영은 자기도 모르게 존대말을 썼다.

"백 번 죽여주십쇼. 잘못했습니다."

그제야 도둑이 빌기 시작했다. 술에 취해 그런 건지, 추위에 얼어 그런 건지 아무튼 얼굴이 시뻘게진 도둑은 술에 취한 척 행동하기 시작했다.

"집이 어디요?"

"우이동입니다."

"우이동 사는 사람이 왜 이리로 왔소?"

"모릅니다. 여기서 좀 잘 수 없나요?"

김수영은 어이가 없었다.

"여보, 술 취한 척하지 말고 어서 가시오."

도둑은 발길을 돌이켰다. 그리고 두서너 발자국 걸어나가더니 다시 뒤를 돌아다보고 천연덕스럽게 물었다.

"어디로 나가는 겁니까?"

도둑은 당연히 출입구가 아닌 곳으로 들어왔을 것이므로 출구가 어디인지를 모르고 있었던 것이다.

도둑의 이 천연덕스런 물음에 대한 김수영의 느낌을 직접 읽어보자.

"어디로 나가는 겁니까?" 나는 도둑의 이 말이 무슨 상징적인 의미같이 생각되어서 아직까지도 귀에 선하고, 기가 막히고도 우스운 생각이 듭니다. 도둑은 철조망을 넘어왔던 것입니다. "어디로 나가는 겁니까?" 이 말은 사람이 보지 않을 제는 거리낌없이 넘어왔지만, 사람이 보는 앞에서 다시 넘어가기란 겸연쩍다는 말이었을 겁니다.

구태여 갖다 붙이자면 내가 양계를 집어치우지 못하는 이유도 마찬가지라고 생각합니다. 장면을 바꾸어 생각한다면 도둑은 나고, 나는 만용이입니다. 철조망을 넘어온 나는 만용이에게 "백 번 죽여주십쇼. 백 번 죽여주십쇼." 하고 노상 손이 발이 되도록 빌면서 "어디로 나가는 겁니까? 어디로 나가는 겁니까?" 하고 떼를 쓰고 있는지도 모릅니다.

이 고백에서 우리는 시인 김수영이 지닌 정신세계의 본령을 찾아낼 수 있다. 떳떳이 큰소리칠 수 있는 도둑 앞에서도 혹시 자신이야말로 도둑이 아닐까 하고 스스로 반성할 줄 아는 무섭도록 투명한 의식, 바로 이것이 오늘날 그를 한국 시단에서 가장 정직했던 시인으로 평가하게 된 밑바탕이 된다.

말장난이나 하는 너절한 사기꾼 시인이 되지 않으려고 끝없이 노력했던 정직한 시인의 모습은 바로 자신의 자화상이기도 한 시 「폭포」에서 선명히 드러난다.

폭포는 곧은 절벽을 무서운 기색도 없이 떨어진다.

규정할 수 없는 물결이
무엇을 향하여 떨어진다는 의미도 없이
계절과 주야를 가리지 않고
고매한 정신처럼 쉴 사이 없이 떨어진다.

곧은 소리는 곧은 소리이다.

곧은 소리는 곧은

소리를 부른다.

ㅡ「폭포」 중에서

세상 사람들은 시인 김수영을 여러 갈래 시선으로 평가한다. 어떤 사람
들은 '난해한 모더니즘의 시를 쓴 사람'이라 하고, 또 다른 사람들은 '철저
한 소시민적 자학과 청교도적인 자기 비판, 그리고 도덕적 순결성을 갖춘
엄격한 시인'이라고 말하고, 또다른 한편으로는 '언론자유와 우상파괴를
위해 목소리를 높였던 과격한 시인'이라 칭하기도 하며, 더러는 '반전통주
의자이며 반시론자(反詩論者)인 동시에 적극적인 참여파 시인'으로 단정하
기도 한다. 또 '스스로 깊이 있는 시 이론을 세운 몇 안 되는 시인 중의 한
사람'으로 치는 사람도 있다.

길지 않은 삶을 살았던 한 시인이 이렇게도 다양한 평가를 받게된 이유
는 딱 한 가지, 그것은 그가 언제나 과거에 만족하지 않고 앞을 내다보면
서, 오늘의 정체를 극복하려고 끊임없이 노력했기 때문이다. 동료 시인
김현승의 다음과 같은 말 속에 그의 이런 모습이 잘 나타나 있다.

"보수주의자들에게는 무모한 시인이라 불렸고, 안일을 일삼는 사람들
에게는 자못 전투적이라는 지적을 받았고, 소심한 사람들에게는 심지어
위험하다고까지 오해를 받으면서도 그는 자기의 소신대로 오늘의 한국
시에 문제를 던지고, 그것들의 해결을 위하여 가장 과감한 시적 행동을
보여주던 투명하고 정직한 시인이었다."

'시는 온몸으로, 바로 온몸을 밀고 나가는 것'이라고 힘껏 외쳤던 김수

영은 자꾸만 작아지는 소시민적인 자아와 그를 둘러싼 사회현실 속에 분노와 좌절을 되풀이하면서도, 앞으로 나아가려는 노력을 결코 게을리하지 않았다. 그러한 노력이 내면으로 향하여 자기 반성과 각성을 거듭할 때, '모래야, 나는 얼마큼 작으냐 / 바람아, 먼지야, 풀아, 나는 얼마큼 작으냐'라고 묻는가 하면, 민족의 오늘을 보며 "전통은 아무리 더러운 전통이라도 좋다."라고 당당히 외쳤던 것이다. 반면에 그 노력이 밖으로 강하게 나타날 때, 그는 강렬한 사회의식의 소유자, 특히 정치적 상황에 대한 날카로운 비판자가 되었다.

4·19 직후 독재자의 몰락을 보면서 "우선 그놈의 사진을 떼어서 밑씻개로 하자."라고 소리치고, 나라의 '우두머리에 앉아 있는 놈들'이나 '썩은 자들'에게는 차라리 죽어버리라고 꾸짖고, 외세를 향해서는 '너희들 미국인과 소련인은 하루바삐 나가다오."라고 부르짖기도 했다.

길지 않은 생애를 가난했지만 정직하고 투명하게 살면서, 자유를 위해 끝없이 비상했던 시인 김수영은 죽기 보름 전쯤에 가장 아름다운 시 한 편을 마지막으로 남겼다.

풀이 눕는다.
비를 몰아오는 동풍에 나부껴
풀은 눕고
드디어 울었다.
날이 흐려서 더 울다가
다시 누웠다.

풀이 눕는다.

바람보다도 더 빨리 눕는다.

바람보다도 더 빨리 울고

바람보다 먼저 일어난다.

날이 흐리고 풀이 눕는다.

발목까지

발 밑까지 눕는다.

바람보다 늦게 누워도

바람보다 먼저 일어나고

바람보다 늦게 울어도

바람보다 먼저 웃는다.

날이 흐리고 풀뿌리가 눕는다.

—「풀」

    그가 간 뒤 시인 신동엽은 이렇게 그를 기렸다.

    "그러나 시인 김수영은 죽지 않았다. 위대한 민족시인의 영광이 그의 무덤 위에 빛날 날이 머지않았음을 민족의 알맹이들은 다 알고 있다."

가난한 사랑 노래

저 큰애기 자는 방엔
숨소리가 둘이 난다.
홍달 복순 오라버니
그짓말씀 말으시오.
동남풍이 건듯 부니
문풍지 떠는 소립니다.

신경림이 쓴 『민요기행』이라는 책에는 이런 민요가 실려 있다. 이 민요
에는 이런 사연이 얽혀 있다고 한다. 어떤 마을에 예쁜 처녀가 있었다. 처
녀에게는 복순이라는 동무가 있고 복순이에게는 홍달이라는 오빠가 있었
던 모양이다. 홍달은 동생의 동무를 은근히 놀려댔다. 어쩌면 그가 마음
에 그 처녀를 두고 있었는지도 모른다.

"너 자는 방에서 다른 사람 숨소리도 나더라." 어찌 보면 화를 벌컥 낼 만한 이야기다. 이 말이 사실이라면 수치심으로 어쩔 줄 몰라 하기도 하겠지. 처녀는 이 말에 얼굴이 발그레해지면서 화를 낸다. "거짓말하지 마세요. 바람이 불어 문풍지가 떤 것뿐인걸요."라고.

"네가 봤어?" 하고 멱살을 쥘 만도 한데. 아니면 그런 거짓말을 어디서 하느냐고 펄펄 뛸 만도 한데, 문풍지 떠는 소리라고 대답하는 것이 참 운치가 있다. 이 민요는 남한강가에 있는 제천 지방에서 채록한 노래라고 한다. 그 노래 이야기를 하며 신경림은 이런 이야기를 한다.

"강물은 언제 보아도 좋다. 긴 강둑에 이리저리 밀리면서 도도히 흐르는 강물을 보면서 나는 새삼스레 사람 사는 일의 끈질김을 깨달았다."

민요와 남한강! 여기에서 우리는 신경림 시의 고향을 발견한다. 남한강가에 사는 사람들의 한과 설움, 그리고 남한강 주변의 역사가 모두 그의 시 속에 담겨 있다. 또한 그는 오랫동안 민요에 관심을 갖고 그 자취를 더듬었기에 그의 시에는 민요의 가락과 정서가 녹아 들어가 있다.

민요는 민중의 삶과 정서를 그대로 담아낸 우리 노래이다. 민요 속에는 그 시대를 살고 있는 사람들의 모습이 잘 담겨 있다.

소설가 박태순은 이렇게 신경림을 평했다.

"민요에서부터 민중문학으로 가는 길이 얼마나 어려운가를, 그럼에도 그는 '쉬운 시'의 결실로써 답파한다. 그의 서정의 리듬은 길지 아니하고 짧으며, 그의 정서의 흐름은 어렵지 아니하고 쉬우나, 저 미당이니 누구니 하는 종류와는 달라서 허약한 게 아니라 완강하다. 정서, 서정에 힘을 집어넣고 혼을 불어넣어 그의 민요시는 민중시가 된다."

그의 첫 시집 『농무』는 말 그대로 농민의 춤이다. 농민의 춤에는 그들의 설움과 한의 가락이 있다. 두 번째 시집 『새재』는 새재를 중심으로 빼앗긴 땅을 되찾기 위해 의병으로 나선 농민들의 이야기이다. 생존을 위해 싸우고 사랑하는 농민들의 피맺힌 이야기가 강물이 유유히, 때로는 격렬하게 흘러가듯 그의 장시 「새재」에 녹아 있다. "누가 알리, 그들의 원한을. 누가 말하리, 그들의 설움을."이라고 그는 노래한다. 신경림 자신이 바로 그들의 설움과 한을 노래한다. 그 이후의 시집 『달넘세』 등에서도 "장국밥으로 깊은 허기 채우고 / 읍내로 가는 버스에 오르려네. / 쫓기듯 도망치듯 살아온 이에게만 삶은 때로 애닯기도 하리."(「고향길」 중에서)라고 가난한 민중의 삶을 노래했다.

우리 민중의 삶을 깊이 이해하고 그 사정을 담아낸 그의 시는 부유한 사랑 노래가 아닌 가난한 사랑 노래가 될 수밖에 없다. 문풍지가 바람에 건듯 떨듯 왠지 애틋하고 가슴 저리는 그런 사랑이다. 그리고 새재에서 싸우던 농민들이 빼앗긴 조국과 수탈당하는 삶을 슬퍼했듯 신경림이 노래하는 사랑 속에는 가난한 삶이 담겨 있다.

이 억센 다리를 어디에 쓰랴.
잠이 덜 깬 연이는
나를 수줍게 웃네.
동그란 어깨 위에 노랑 저고리
고운 때, 봉당에 쪼그리고 앉아 달래 다듬는 터진 손
팽팽한 손목

—「새재」 중에서

힘없고 가난한 사람들의 사랑은 서러우나 강인한 힘으로 우리 역사 속에 흐른다. 가난하다고 사랑을 모르겠는가. 가난한 민중의 삶 속에 오히려 더욱 절절한 사랑이 있음을 그는 이렇게 노래했다.

가난하다고 해서 외로움을 모르겠는가.
너와 헤어져 돌아오는
눈 쌓인 골목길에
새파랗게 달빛이 쏟아지는데
　　　　　　(……)
가난하다고 해서 그리움을 버렸겠는가.
어머님 보고 싶소 수없이 뇌어보지만,
집 뒤 감나무에 까치밥으로 하나 남았을
새빨간 감바람 소리도 그려보지만
가난하다고 해서 사랑을 모르겠는가.
내 볼에 와 닿던 네 입술의 뜨거움
사랑한다고 사랑한다고 속삭이던 네 숨결
돌아서는 내 등 뒤에 터지던 네 울음.

— 「가난한 사랑 노래」 중에서

아직 우리 민중의 삶은 의병항쟁이 일어났던 그때와 마찬가지로 역시 가난 속에 있을 것이다. 그것이 상대적 가난이든 절대적 가난이든 말이다. 가난 속에 피어나는 사랑을 우리 가락으로 담아낸 신경림은 가난한 사랑의 역사를 그려낸 우리 시대의 큰 시인이다.

셋째 마당

체험과 다양한 표현

가장 오래된 책은 사람이었다

독서의 필요성

책이란 사람의 사상이나 감정을 문자나 그 밖의 기호로 기록한 것을 읽기 쉽고 가지고 다니기 편리하게 만든 것이라고 할 수 있다. 즉 사람이 생각한 바를 담아둔 그릇이라고 말할 수 있다. 인류는 중국 후한의 화제(和帝) 때(서기 105년) 환관인 채륜이 발명했다고 전하는 종이가 나오기 전에는 다음과 같은 여러 가지 책(?)을 이용해 사상이나 감정을 표현했다.

- 동굴 벽에 그려진 책
- 흙으로 빚은 점토판 책
- 거북의 등과 짐승 뼈에 기록한 책
- 댓가지와 나무로 엮은 책
- 짐승의 가죽에 쓴 책
- 조개껍데기와 새끼줄로 엮은 책

- 물풀인 파피루스로 만든 책
- 돌에 글자를 새겨 만든 책
- 비단에 글을 써서 만든 책
- 밀랍판을 이용한 책

나무로 엮은 책

이런 것들이 바로 책의 역사인 것이다. 이처럼 종이를 묶어서 만든 것만이 책이 아니라면, 최초의 책은 바로 사람이었다고 할 수 있다. 삶에 대한 생각을 오래 간직했다가 다른 사람들에게 그것을 전해주는 것이 책의 구실이다. 그렇다면 그런 구실을 가장 먼저 한 것은 사람이었을 테니까 최초의 책은 사람이었다는 말이다. 옛날이야기를 들려주던 할아버지, 할머니가 바로 지금의 동화책과 같은 구실을 했다는 것을 떠올려보면 이 말의 뜻을 쉽게 알 수 있을 것이다.

거북의 등에 새긴 문자

먼 옛날 로마에 이셀이라는 부자가 살았다. 그는 대단한 부호여서 궁전 같은 큰 집에 살면서, 날마다 호화스러운 잔치판을 벌였다. 그러나 먹고 즐기는 것도 하루 이틀의 일이지, 얼마 후 손님들은 재미있는 이야기를 듣고 싶어했다.

흙으로 빚은 점토판 책

이셀은 돈은 많은 사람이었지만 배운 것이 별로 없어서, 스스로 이야기를 해 손님들을 즐겁게 해줄 형편은 못 되었다. 생각다 못한 이셀은 자기가 거느리고 있는 노예 가운데서 똑똑한 사람으로 이백 명을 뽑았다. 그러고는 그들에게 각자 책 한 권씩을 줄줄 외우도록 명령했다. 한 노예는 『일리아드』를, 다른 노예는 『오디세이』를…… 이런 식으로 살아 있는 인간도서 이백 권을 만들어냈다. 여기에 덧붙여서 도서관의 사서와 같은 구실을 하는 사람을 한 사람 뽑아서, 이 살아 있는 인간도서 이백 권을 관리하게 하였다고 한다.

이셀은 잔치가 끝난 뒤에 이 인간도서들을 연회장으로 불러내서, 손님들에게 재미있는 이야기를 들려주도록 시켰다. 그런데 하루는 손님들이 듣기를 원하는 인간도서를 찾았으나 그 자리에 없었다. 그 얘기를 외우고 있던 노예가 배탈로 자리를 뜬 탓이었다. 손님들은 깔깔 웃으며 재미있어했다. 노예로 책을 만든 이셀은 톡톡히 망신을 당하고 말았다.

로마의 부자 이셀이 제작(?)했던 인간도서들은 오늘날의 라디오와 같은 구실을 한 셈이다. 70년대까지만 해도 라디오의 위력이 대단했지만 지금은 텔레비전이 라디오와는 비교가 안 될 만큼 막강한 영향력을 자랑하는 시대가 되었다. 저녁을 먹고 난 뒤, 온 가족이 둘러앉아 텔레비전을 시청하거나 각자의 방에서 좋아하는 프로그램을 보는 일에 우리는 익숙해져 있다. 특히 청소년들은 텔레비전 앞에 죽치고 앉아 떠날 줄을 모른다. 부모가 이제 그만 보라고 꾸짖어야 비로소 서운한 마음으로 마지못해 텔레비전과 헤어진다.

돌이켜보면 사람을 책에서 멀어지게 한 건 라디오였고, 라디오에서 멀어지게 한 건 텔레비전이었다. 책과 라디오와 텔레비전, 이것들은 각각 사람의 눈과 귀와 밀접한 관련을 맺는다. 책은 눈으로 보는 것이고, 라디오는 귀로 듣는 것이며, 텔레비전은 귀로 들을 뿐만 아니라 눈으로 보기도 하는 것이다. 책을 읽고, 라디오를 듣고, 텔레비전을 시청하는 세 가지 일 중에서 사람의 머리를 가장 많이 쓰게 만드는 것은 무엇이고, 가장 적게 쓰게 하는 것은 무엇일까?

텔레비전 시청은 별다른 사고작용이 필요하지 않다. 눈앞에서 현재 벌어지고 있는 일을 직접 보고 듣는 것과 거의 똑같은 효과를 내므로, 굳이 골치 아프게 머리를 쓸 필요가 없다. 이런 특성 때문에 텔레비전을 '바보 상자'라고 부르기도 하는 것이다.

가장 골치 썩일 필요가 없는 것이 텔레비전 시청이라면, 가장 머리를 많이 써야 하는 것이 독서이다. 단순히 글을 읽기만 하는 작업이므로, 읽은 내용을 텔레비전 화면과 같이 생생한 장면으로 재생하기 위해서는 사람의 두뇌가 끊임없이 고도의 상상력과 창조력을 동원한 사고작용을 하게 된다. 이처럼 책을 읽을 때 인간의 두뇌가 가장 왕성한 사고작용을 하게 된다. 책, 라디오, 텔레비전 셋 가운데 인간의 창조적 사고기능을 가장 효과적으로 높여주는 것이 바로 책이다. 책을 많이 읽어야 슬기롭고 지혜로운 사람이 된다는 근본적 이유가 여기에 있다.

요즘에는 컴퓨터가 청소년들 사이에 강력한 매체로 자리잡고 있다. 정보의 바다라 불리는 인터넷 접속 때문이다. 인터넷은 수많은 정보, 상호소통의 가능성 등 여러 가지 효용과 장점이 있지만 그에 따른 해악 또한 상당하다.

로마의 거부 이셀이 이백 권의 인간도서를 마련해서 손님들을 기쁘게 해주었던 때는 사람이 알아야 할 정보의 양이 그렇게 많지 않던 시절이다. 그러나 현대는 정보 홍수의 시대이다. 날마다 쏟아져 나오는 정보들을 모두 다 파악하기란 불가능한 일이다. 텔레비전이나 라디오에서 얻을 수 있는 정보는 한정되어 있다. 인터넷의 정보량은 취사 선택이 어려울 만큼 다양하고, 신속하지만 때로 무책임하다. 많은 사람들을 그릇된 정보로 이끌기도 한다. 역시 가장 중요한 정보원은 인간의 역사와 더불어 생겨난 책이다. 그 많은 책들 중에서 자기에게 필요한 정보만을 효과적으로 가려 뽑아서 얻을 수 있는 능력은 오랜 독서 훈련에서 나온다.

우리의 사고력과 창조성을 높이기 위해서, 또 정보 홍수의 시대인 현대를 알차게 살아가기 위해서 누구에게나 꾸준한 독서가 필요하다.

내 죽음을 헛되이 하지 말라

이 한 권의 책 『전태일 평전』

우리가 이야기하려는 사람은 누구인가?

전태일. 평화시장에서 일하던, 재단사라는 이름의 청년 노동자.

1948년 8월 26일 대구에서 태어나, 1970년 11월 13일, 서울 평화시장
앞 길거리에서 스물둘의 젊음으로 몸을 불살라 죽었다.

그의 죽음을 사람들은 '인간선언'이라 부른다.

— 『전태일 평전』 서문에서

 전태일이라는 젊은 노동자가 1970년 자기 몸에 불을 붙여 불꽃으로 사
라져간 지 13년이 지난 후에 그의 삶과 죽음을 다룬 책 한 권이 세상에 나
왔다. 『어느 청년 노동자의 삶과 죽음』이라는 제목의 이 책은 나오자마자
판매금지 조치를 당했지만 입에서 입으로 전해져 많은 사람들이 읽게 되
었다. 그리고 이 책을 읽은 사람들은 책 속의 인물이 보여주는 진실한 삶

의 모습에 깊은 충격을 받았다. 이 책은 1991년에 『전태일 평전』으로 제목이 바뀌었다.

삶을 치열하게 살아가고자 노력하는 사람들에게 "당신의 삶에 깊은 영향을 준 인물이나 책 한 권을 꼽아보시오."라고 말하면 많은 사람들이 '전태일'을 이야기하고, 『전태일 평전』을 꼽는다. 이 책 속에는 뜨겁게 살다 간 한 인간의 고귀한 삶이 있기 때문이다. "인간에게는 누구나 요구해야 할 최소한의 것이 있다."고 외치던 사람, 이 사회가 인간의 존엄한 권리를 내팽개치고 있음을 괴로워한 사람, 다른 이들의 고통을 나의 것으로 여기고 그것을 변화시키기 위해 싸우며 살았던 사람, 그가 바로 전태일이다.

전태일은 배운 것 없고 가진 것 없는 이 땅의 아들로 태어났다. 평생을 가난 속에서 살아야 했으며 한 번도 주린 배를 만족하게 채워본 적이 없었다. 그것은 그가 죽을 때까지 계속된 삶이었다.

그의 어린 시절은 가출과 노동과 방황으로 얼룩졌다. 태일이 남대문 초등공민학교에서 남대문 국민학교로 편입할 60년쯤엔 식구 중에 돈 버는 사람은 하나도 없고 어머니는 아버지의 사업 실패로 정신이상에까지 이르렀다. 밥 먹는 날보다 굶는 날이 많았다. 몇 끼씩 굶으며 학교를 다니던 태일은 신문팔이를 시작했다. 그때 그의 나이 열두 살이었다. 방세를 못 내 식구들은 개천가에 천막집을 짓고 살아야 했고, 어머니는 개천으로 떠내려온 무말랭이를 건져 팔기도 하고 식구들 반찬을 만들기도 했다.

여섯 식구의 생계를 책임지고 시장에 나가 장사를 하던 태일은 어느 날 서울을 떠나 무작정 남쪽 지방으로 향했다. 첫 번째 가출이었다. 태일은 배추 쪼가리 하나를 건져 먹기 위해 시커먼 바닷물 속에 뛰어들기도 하고 남이 먹다 떨어뜨린 사과 조각을 주워 먹기도 하며 1년여를 방황했다. 고생 끝에 집으로 돌아온 태일은 그 뒤 아버지의 장사가 어느 정도 안정되어 행복한 생활을 맛보지만 그것도 오래 가진 못했다. 혼자 벌이로는 살기 어려웠던 아버지는 태일에게 공민학교를 그만두라고 했다.

태일은 공부를 하겠다는 꿈을 이루기 위해 동생을 데리고 서울로 올라온다. 그러나 이들 형제를 기다리고 있는 현실은 암울한 것이었다. 살을 에는 듯한 찬 겨울 바람을 궤짝 몇 개로 막고 구두닦이 노릇이라도 해서 살아보려고 했지만 남는 것은 배고픔과 추위뿐이었다. 결국 태일은 다시 집으로 돌아간다.

세 번째 가출. 막내동생을 업고 식모살이 떠난 엄마를 찾아 다시 서울에 올라온 태일은 배고파 우는 동생을 보호소에 보내기 위해 버리기까지 했다.

'거리의 천사'와 같은 어린 시절을 보내고 태일은 평화시장 노동자가 된다. 이 평화시장은 태일에게 삶의 고통과 함께 삶의 방향을 가르쳐준다. 그때 평화시장의 노동환경은 그야말로 참혹했다. 열세 살의 어린 나이에 보조일을 하는 여공, 다닥다닥 붙은 재봉틀, 일어나면 머리가 천장에 부딪히는 작업장이 있다. 옷감과 실에서 나오는 먼지 때문에 숨이 막히고 햇빛 한 번 보지 못한 채 아침 8시부터 밤 11시까지 노동을 한다. 일하다가 화장실에 가려고 해도 주인의 눈치를 보아야 한다. 그 화장실이라는 것도 2천 명당 3개꼴이니 한 번 들어가려면 한참 기다려야만 한다.

일거리가 밀리면 잠 안 오는 약을 먹고 밤을 새워 일을 해야 한다. 점심시간이라고 30분, 휴식도 없다. 그렇다고 돈을 잘 버는 것도 아니었다. 하루 14시간 이상의 중노동을 해도 일당은 70원꼴이었다. 풀빵 하나에 1원, 하루 하숙비가 150원 하던 때였다. 이런 환경 속에서 태일은 불쌍한 어린 여공을 도와주려는 마음으로 생활했다. 어머니가 준 차비로 풀빵을 사서 야근하는 여공들에게 나눠주고 자신은 두세 시간을 걸어 새벽에 집에 들어가곤 했다.

어느 날 그는 한 재봉사 처녀가 일을 하다가 새빨간 핏덩이를 재봉틀 위에다 토하는 걸 보았다. 폐병 3기라는 것이다. 병이 든 그 여공은 해고를 당했고 태일은 이 일에 큰 충격을 받았다. 왜, 무엇 때문에 인간이 인간 이하의 대접을 받으며 살아가야 하는가? 이런 참상을 보고 겪으며 태일은 자기 혼자 남들에게 친절하게 하는 것만으로는 현실의 문제가 해결될 수 없음을 깨닫게 된다.

태일은 이제 동지들을 모으기 시작했다. 그렇게 해서 그는 바보회라는 재단사들의 친목단체를 만들고 노동자의 권익향상을 위해 더욱 열심히 일하게 되었다. 평화시장의 노동현실에 대한 설문조사를 하고 근로기준법을 공부했다. 그러나 그는 숱하게 좌절을 겪어야 했다. 노동운동을 하는 사람이라고 직장에서 해고당하기도 하고, 회원들이 제대로 모이지를 못해 모임이 거의 깨져버리는 일도 겪었다. 가진 사람들, 뭔가 안다는 사람들은 노동자의 현실에 대해 전혀 관심을 갖지 않았다. 그는 한동안 평화시장에서 일자리를 찾지 못했다.

1970년 9월, 그는 다시 평화시장에 모습을 나타냈다. 그 해 8월 9일 일기에 그는 이렇게 썼다.

이 결단을 두고 얼마나 오랜 시간을 망설이고 괴로워했던가? 지금 이 시각 완전에 가까운 결단을 내렸다. 나는 돌아가야 한다. 꼭 돌아가야 한다. 불쌍한 내 형제의 곁으로, 내 마음의 고향으로, 내 이상의 전부

인 평화시장의 어린 동심 곁으로. 생을 두고 맹세한 내가, 그 많은 시
간과 공상 속에서 내가 돌보지 않으면 안 될 나약한 생명체들. 나를 버
리고 나를 죽이고 가마. 조금만 참고 견디어라. 너희들의 곁을 떠나지
않기 위하여 나약한 나를 다 바치마. 너희들은 내 마음의 고향이로다.
(……) 오늘은 토요일, 8월 둘째 토요일. 내 마음의 결단을 내린 이
날, 무고한 생명체들이 시들고 있는 이때에 한 방울의 이슬이 되기 위
하여 발버둥치오니 하느님, 긍휼과 자비를 베풀어주옵소서.

어렵사리 직장을 구한 태일은 옛 동료들을 다시 모으고 방송사와 신문
사를 찾아다니며 평화시장의 비인간적인 노동실태를 알리고자 노력했다.
그리고 냉정한 사람들의 얼음 같은 심장을 녹이고자 자기 몸에 불을 붙여
불꽃으로 타올랐다. 1970년 11월 13일
"근로기준법을 준수하라!", "우리는 기계
가 아니다! 일요일은 쉬게 하라!"고 외치
며 전태일의 몸은 불덩이로 변했다.

전태일 분신자살을 기록한 신문 기사

"내 죽음을 헛되이 하지 말라!"
숯덩어리가 되면서도 그가 힘주어 한
말이었다.

1960년대를 연 것이 4·19였다면 70년
대를 연 것은 전태일의 분신이었다고 말
한다. 그의 죽음으로 많은 사람들이 이 땅
의 노동현실이 어떤 것인지 자각했다. 신

진실의 힘... 사실의 영화!

아름다운 청년
전태일
영화 〈아름다운 청년 전태일〉 포스터. 전태일의 감동적인 삶은 영화로도 만들어졌다.

문은 앞을 다투어 평화시장의 노동환경을 다루었고 책상 앞에서 토론만 하던 사람들이 노동현장에 뛰어들었다.

이 책은 제목이 바뀐 1991년에야 지은이가 밝혀졌다. 책의 개정판이 나오기 얼마 전 세상을 떠난 조영래 변호사가 바로 그 지은이였다는 사실에 사람들은 모두 놀랐다. 조영래 변호사는 인권변호사로 우리에게 잘 알려진 인물이다.

그는 1970년대 초 민주화운동을 하며 옥고를 치른 뒤 또 수배되어 6년 동안 숨어 살며 이 책을 썼다는 것이다. 만일 조영래 변호사가 전태일의 삶을 쓰지 않았다면 전태일의 삶의 의미는 지금처럼 많은 이들에게 파고들 수 없었을 것이다. 조영래 변호사야말로 전태일의 죽음을 더욱 의미 있게 했고, 전태일의 삶을 우리 모두 함께 생각해야 할 삶으로 바꾸어놓았다.

전태일이 불꽃으로 타오른 지 삼십여 년의 세월이 흘렀다. 그러나 치열하게 살다 간 그의 삶의 자취는 세월이 흐를수록 우리 가슴에 깊이 새겨진다. 세상에 많은 책이 있지만 삶을 뒤흔들 단 한 권의 책을 누군가 찾는다면 바로 이 『전태일 평전』을 권하고 싶다.

사자가 나를 꺼내달라고 울부짖네

얼굴이 아주 못생긴 남자가 예쁜 여자만 골라 졸졸 쫓아다녔다. 자기 얼굴 못난 건 생각지도 않고 웬만한 여자를 보고도 "아휴, 저 여자는 왜 저렇게 못생겼어." 하고 말했다. 그런 남자를 보고 한 여자가 말했다. "주제 파악이나 해."

이 못난 남자가 가장 먼저 해야 할 일은 주제를 아는 것, 즉 자기 자신을 바로 아는 것이다. 시쳇말로 "네 꼬라지를 알아."는 말이 있다. 내가 누구이며 어디에 있는가를 알아라, 즉 자기의 전체적인 모습을 제대로 알아야 한다는 말이다.

주제 파악은 이런 경우만 중요한 것은 아니다. 우리가 글 한 편을 읽을 때도 가장 중요한 일은 주제를 알아내는 일이다. 그래서 어떤 사람은 문학을 공부할 때 최종의 목표는 문학작품의 주제를 찾는 것이라고 말했다.

그렇다면 주제란 무엇일까? 한 인간을 전체적으로 이해하는 것처럼 작품이 전체적으로 우리에게 전하고자 하는 생각을 주제라 한다. 글을 읽을 때 마음에 다가오는 느낌, 글에서 얻어지는 교훈, 작가의 생각들을 잘 연결시켜보면 그 작품의 주제를 알 수 있다. 그렇다고 주제를 알아내는 것이 기술적인 일이거나 정답이 있거나 한 것은 아니다. 흔히 학생들은 교과서에 실린 글의 주제를 찾을 때 참고서를 보고 베낀다. "이 글의 주제는 무엇일까?" 하고 물으면 모두 똑같은 대답을 한다. 그것은 글의 주제를 알아내는 바른 방법이 아니다.

소크라테스의 어릴 적 일화는 글에서 주제를 찾고자 하는 우리에게 도움을 준다.

그리스의 철학자 소크라테스의 어머니는 산파였고 아버지는 석공이었다. 자연히 소크라테스는 어릴 때부터 아기가 태어나는 것과 멋진 조각품이 만들어지는 것을 자주 보았다. 어머니를 따라다니며 막 태어난 아기를 보고 신기해했고, 아버지 일터에 가서는 금방이라도 울부짖을 듯한 사자를 보며 놀라워했다.

어느 날 소크라테스가 아버지 일터를 찾았다. 돌무더기 가운데서 일하는 아버지를 유심히 쳐다보다가 소크라테스가 아버지에게 물었다.

"아버지, 참 이상해요. 어떻게 어머니는 이웃집 아주머니네 가서 그렇게 예쁜 아기를 만들어낼까요? 없던 아기가 갑자기 생겼잖아요."

아버지는 빙긋 웃었다.

"아니란다, 애야. 아기는 그냥 생겨난 것이 아니다. 이미 아주머니 뱃속에 있었어. 다 자란 아기가 자기 엄마 뱃속에서 답답하다고 우는 소리를 엄마가 듣고는 아기가 이 세상으로 잘 나올 수 있도록 도와주는 것뿐이야."

어린 소크라테스는 고개를 끄덕이며 또 물었다.

"아버지, 아버지는 어떻게 사자며 여신상을 만들어내나요? 그저 거칠고 흉한 돌덩어리로 어떻게 아름다운 여신상이며 용감한 사자를 만들어낼 수 있느냐구요."

"사자도 여신도 돌덩어리 속에 살아 있단다. 내가 멋진 갈기가 휘날리는 사자를 조각하려고 돌덩어리를 갖다 놓으면 돌 속에서 사자는 울부짖는다. 돌 속에서 답답하다고, 자기를 자유롭게 해달라고. 나는 그 사자의 외침을 따라 사자를 가둔 돌덩어리를 깬단다. 그를 자유롭게 해주려고 애쓰는 거야. 그러면 흉한 돌덩어리 속에 갇힌 사자가 제 모습을 드러내는 거란다."

어린 소크라테스는 그 말을 곰곰 새겨들었다. 나중에 그가 어른이 되어 많은 젊은이들이 따르는 스승이 되었을 때 학문하는 방법으로 '산파술'을 이야기했다. 아기를 잘 낳도록 하는 기술이란 뜻이다. 즉 "너는 아무것도 몰라." 또는 "이건 이거야."라고 말하는 대신 자연스럽게 묻고 대답하게 함으로써 공부하는 사람 자신이 자기의 무지를 깨닫도록 하는 방법이다. 그는 다른 사람에게 무엇을 가르치려고 애쓰기보다는 그 사람 속에 있는 것을 이끌어내는 데 힘썼다고 한다.

이미 존재해 있는 것을 자연스럽게 꺼내는 것, 소크라테스의 학문하는 방법은 우리가 주제를 찾는 것과 마찬가지이다. 우리가 글을 읽을 때 그 글에서 말하고자 하는 가장 중심된 생각을 찾는 것은 이미 있는 아기를 조심스럽게 세상으로 나오게 하는 것과 같다.

글의 주제는 글 밖에서 누가 말해줘서 아는 것이 아니라 작가가 말하고자 하는 것이 무언지 곰곰 생각하며 글을 읽을 때 자연스레 우리 머리와 가슴에 다가온다. 사자가 자기를 꺼내달라고 울부짖듯 무언가를 전해주고자 하는 작가의 외침이 들리는 것이다.

하늘은 벽이 없거든

좋은 영화 한 편을 보고 나면 잊을 수 없는 장면들이 한참 동안 눈앞에 어른거린다. 주인공의 표정이나 말 한마디, 등장인물이 서 있던 배경의 아름다운 색채, 그것을 더욱 실감있게 해주던 음악 등이 함께 떠오른다. 영화 속에는 우리가 예술이라고 말하는 것뿐 아니라 기계와 기술의 힘까지 포함되어 있다. 문학, 미술, 음악, 동작, 사진……. 여기에다 음향효과, 특수효과, 카메라의 작동 등 각종 기법까지 동원한다. 그런 까닭에 영화를 '종합예술'이라고 말한다.

이런 영화를 만드는 데 가장 기초가 되는 것은 영화의 대본, 즉 시나리오이다. 영화의 연출가(감독)는 시나리오를 토대로 영화배우를 찾고, 촬영을 진행하며, 음악이나 음향효과 등을 담당하는 사람은 시나리오의 분위기를 토대로 적당한 음악이나 음향효과를 연출해내는 것이다.

영화 구경하러 간다고 하면 우리는 위에서 이야기한 모든 것이 다 갖추어진 완성된 영화를 생각한다. 화면 속에는 실감나게 만들어진 또 하나의 세계가 있기에 우리는 극장 의자에 앉아 영화 속의 세계에 빠져들면 되는 것이다. 그러나 우리나라에 영화가 처음 상영되었다고 전해지는 1905년쯤엔(처음 영화가 상영된 시기에 대해서는 논란이 많다) 대사도 음악도 없이 움직이는 화면만 있었다.

가끔 영화관에서는 재미난 풍경이 벌어지곤 했는데, 화면 가득히 마차가 달려오자 영화를 구경하던 사람들이 마차를 피해 일어나기도 했고, 많은 필름을 서로 이어 상영하다 보니 전혀 다른 두 영화가 엇갈려 나오기도 했다. 그때 사람들은 영화를 활동사진이라 불렀다.

이 활동사진이 나름대로 재미를 찾게 된 것은 영화를 설명해 주고 분위기를 고조시켜주는 변사가 등장하면서부터였다. 등장인물의 대사나 분위기 설명을 변사들이 맡아 하면서 사람들은 더욱 흥미 있게 영화를 볼 수 있었다. 소리가 함께 녹음된 영화가 나오면서부터는 변사도 필요 없게 되었다.

그런데 1991년에 옛날 무성영화 시대를 생각나게 하는 영화가 한 편 상영되었다. 영화관(어느 대학 강당)에서 배우들이 직접 대사를 외고, 화면에서 비가 오면 물이 가득 담긴 양동이를 철퍼덕거리고, 주인공이 빗속을 걸어갈 땐 세숫대야 속에서 손을 찰랑거리는 재미있는 광경이 펼쳐진 것이다. 이런 것들을 하지 않으면 그야말로 화면 가득 활동사진만 돌아가게 될 것이었다.

〈닫힌 교문을 열며〉라는 영화였다. 소신껏 올바른 행동을 하다가 학교에서 쫓겨난 선생님과 부당한 학교의 간섭을 물리치고 '학생들의' 교지를 만드는 편집부 아이들, 어려운 형편 때문에 또 낮은 성적 때문에 취업반을 택한 아이들의 이야기가 담긴 영화이다. 이런 내용에 문제가 있어서인지 이 영화는 만드는 중간에 중단을 해야 했다. 촬영은 완성되었으나 녹음실을 쓸 수도 없었고 필름을 제대로 현상할 수도 없었다. 그러다 보니 음악도 대사도 없는 '벙어리 영화'가 된 것이다.

어느 대학의 허름한 강당을 빌려 이 영화를 상영하며 출연했던 배우들이 화면 옆에 앉아 화면과 입을 맞추면서 대사를 외웠다. 음악도 직접 그 자리에서 연주되었다. 처음엔 화면과 배우들, 화면과 음향효과를 내는 사람들을 번갈아 바라보며 키득거리던 관객들이 영화가 진행되면서 점차 조용해졌다. 영화 속에 빨려 들어간 것이다.

가난한 진수가 취업반을 택하기로 결심하면서 대입 참고서를 책꽂이에서 뽑아내는 장면, 짤짤이판, 노래부르는 아이, 빗질하는 아이들로 어수선한 취업반 장면, 분주한 새 학기의 교무실 장면……. 고민하는 송대진 선생, 올바르게 행동하고자 하는 이혜정 선생. 이렇게 장면이 바뀌어 가면서 영화는 진행되었다.

그러다가 이 영화의 중심인물인 이혜정 선생과 취업반 아이들이 서로 이야기를 나누는 수업 장면이 나온다. 이 영화에서는 여덟 번째 장면(신)이다.

신8. 취업반(낮). 칠판 위에 써 있는 글씨. 이혜정. 그 아래 그림으로 아리랑 곡선. 잠시 후 자기 공책에 아리랑 곡선을 그리는 아이들. 기대에 차서 이혜정을 바라보는 모습. 이혜정, 아이들을 따스한 눈으로 바라본다.

(……)

이혜정 : 자 이제 다 그렸어요? 지금까지 살아오면서 슬펐던 날도 있고 좋았던 날도 있을 겁니다. 그럼 누구부터 발표할까요?

(……)

진수 : (갑자기 큰 소리로) 선생님부터 하시죠.

(아이들이 손뼉을 치며 좋아한다. 책상을 두드리며 환호하는 아이도 있다.)

이혜정 : (웃으면서) 나부터 할까요?

아이들 : (일제히) 네!

경석 : (역시 갑자기 튀어나오며) 선생님은 청문회식으로 하죠.

(……)

자연 : 무슨 색을 좋아하세요?

혜정 : 파란색.

희숙 : 왜요?

혜정 : 하늘색이니까.

희숙 : 하늘은 왜요?

혜정 : 하늘은 벽이 없거든. 가르지 않고, 가두지 않고, 푸른 세상을 서로 나누어 가질 줄 알기 때문이죠. 그건 자유고 평등이거든요.

(경석 옆의 진수를 보며 엄지손가락을 펴 보인다. 낮게 "캡이야."라는 입모양.)

　이렇게 아이들과 믿음을 쌓아가는 이혜정 선생이 해임을 당한다. 이유는 전교조 교사의 복직을 원하는 서명을 했기 때문이다. 편집부 아이들은 아이들대로 자기들이 열심히 준비했던 교지 기사 내용을 학교측이 문제

삼아 경석을 퇴학시키자 이에
반발하여 교지버리기 운동을
시작한다. 문제된 기사를 인쇄
해 나누어주면서.

많은 이들이 감동적으로 기억하는 영화 〈닫힌 교문을
열며〉의 마지막 장면.

비가 억수같이 쏟아지는데
해임된 이혜정 선생과 퇴학당
한 경석이 교문 앞에 앉아 있다. 그 모습을 보며 취업반과 편집부 몇 학생
이 함께 앉는다. 교문이 닫힌다. 취업반 담임인 송대진 선생은 빈자리를
보며 고뇌에 잠긴다.

마지막 장면. 송대진 선생은 쏟아지는 비를 맞으며 닫힌 교문 앞으로
걸어온다. 취업반 아이들도 그를 따른다. 그를 막는 몇 교사를 뿌리치고
송 선생은 닫힌 교문을 연다. 교문 안과 밖에 있던 아이들이 비에 젖은 채
얼싸안는다. 그 장면과 함께 이혜정의 대사 "하늘은 벽이 없거든. 가르지
않고, 가두지 않고, 푸른 세상을 서로 나누어 가질 줄 알기 때문이죠. 그건
자유고 평등이거든요."가 소리로만 들린다.

마지막 장면에서는 이 영화가 벙어리 영화인지, 옆에서 세숫대야를 철
퍽거렸는지 아랑곳없이 감격의 눈물을 흘리는 사람들이 많았다.

글쓴이의 인품과 성격이
그대로 드러나는 글

수필의 특성

애들아, 문 좀 열어라. 벌써 이틀째구나. 갑작스러운 기습에 숨죽이는 전선의 밤처럼 이거 어디 답답해 살겠느냐?

내가 네 피아노를 팔아 술을 먹은 것도 아니고 방탕한 것도 아니고 사무실을 차리는 데 보태 쓴 것뿐이다.

그러면 왜 아버지는 우리들과 미리 의논을 하지 않았느냐고 하지만 일단 값이나 알아보려고 장사꾼을 불렀는데 마침 가져가겠다고 하는 것을 어떻게 하느냐. 내가 자질구레하게 값을 흥정할 수도 없었다.

딸들이 문을 걸어 잠그고 열어주지 않자 다급한 아버지가 문 앞에서 통사정을 하고 있다. 피아노를 쓰는 당사자인 딸들과 한마디 상의도 없이 그것을 팔아 치운 아버지의 변명을 더 들어보자.

나도 너희들이 학교엘 가고 없는 사이 텅 빈 집구석에서 시커먼 곰 같은 것이 실려 나가는 것을 보고 너희들을 연상하였다.

입이 뭇산만 해질 네 어머니, 칭얼거릴 현담이 얼굴, 무능한 애비를 마구 강타하는 너희들의 항의, 몸부림, 그러나 여기서 아버지는 하나도 모순을 느끼지 않고 있음을 강변하고 싶다.

왜냐하면 우리 연구소는 둘로 갈라진 민족의 통일을 위해서 우리들이 소유하고 있는 것을 모두 바쳐 싸우는 싸움터다. 여기에 피아노 하나쯤 바쳤기로서니 도대체 무엇이 어쨌단 말인가?

피아노를 팔아 치우면서 속으로는 자신도 몹시 가슴이 아팠다고 아버지는 변명하고 있다. 조국의 통일을 위한 운동을 하고 있는 아버지는 그러면서도 또 당당하게 큰소리를 친다. 통일운동을 하기 위한 연구소를 차리기 위해 그깟 피아노 하나 팔아 치운 걸 가지고 그렇게 토라지면 못쓴다고 꾸짖는다. 그러다가는 다시 또 이런 변명을 늘어놓는다.

물론 그놈의 물건이 집에 들어오던 내력을 아버지는 잘 알고 있다. 네가 국민학교를 졸업할 무렵 열한 평짜리 비좁은 집에 살면서도 그놈을 30개월 월부로 들여다놓고 그 값을 메우기 위하여 동네 아이들을 모아놓고 딩동거리던 네 에미가 생각난다.

그리고 아버지가 한밤중에 술을 먹고 들어와 흥얼거리면 이에 맞추어 한 곡조 잡아주던 너의 솜씨, 그럴라치면 네 에미가 덩달아 좋아했던 생각도 난다. 또 아버지가 부자유스러운 곤혹을 당하기가 일 년에도 몇 번씩, 지친 몸으로 집에 돌아올 양이면 청하지도 않았는데 아버지가 좋아하는 노래를 쳐주던 효성스러운 네 마음씨가 서린 물건임을 생각할 때, 어찌 애비인들 가슴이 안 아팠겠느냐.

아내가 어렵게 사들인 피아노, 아버지를 위해 노래를 쳐주던 딸의 효성이 담긴 피아노를 팔아 치운, 아프고 허전한 마음을 숨김없이 털어놓고 있다.

우리는 이 수필을 읽으면서 입가에 가만히 미소짓게 되는 것을 느낄 수 있다. 밖에 나가서는 통일운동에 헌신하면서 당당하고 굳세게 살고 있는 사람이, 집 안에서는 딸들에게 제발 문 좀 열어달라고 하소연하는 인자하고 마음 약한 아버지의 여린 모습을 숨김없이 보여주고 있기 때문이다. 이쯤만 읽고서도 우리는 글쓴이가 어떤 사람인지를 대강 짐작할 수 있다. 또 사랑하는 딸들이 애지중지하는 피아노를 팔아서까지 연구소를 마련해서 통일운동을 할 만큼 나라를 사랑하는 사람이라는 것도 알 수 있다.

글을 좀더 읽어보자.

나는 너희 피아노를 팔아서, 아니 그 육중한 놈을 통째로 내던져서 거기서 울려 퍼지는 소리처럼 민족이 일어나는 소리를 듣고 싶었던 것이다. 아직은 소리가 잘 안 들린다. 아니 내 주먹만 아프지, 민족의 심장이 우는 소리는 잘 나지 않는다. 하지만 한없이 두들기다보면 언제인가는 소리가 나지 않겠느냐?

여기까지 읽으면 글쓴이가 어떤 사람인지 확연히 알 수 있다. 우리는 글쓴이가 사랑하는 딸들만큼 민족 또한 끔찍이 아끼고 사랑하는 사람임을 알 수 있다. 피아노 소리보다는 민족이 일어나는 소리를 듣고 싶어하는 글쓴이의 안타까운 외침을 들을 수 있다.

수필을 가장 개성적인 글이라고들 말한다. 이 말은 우리가 수필을 읽으면, 글쓴이의 모든 것, 즉 성격과 인품, 그리고 신변 사항까지도 쉽게 알 수 있다는 뜻이다. 예문에서 보듯이 수필은 담백한 자기 고백적 성격의 글이기 때문이다. 예문으로 든 수필은 토라져서 문을 걸어 잠근 딸의 방 앞에서 제발 문 좀 열라고 사정하는 아버지의 독백이다. 자기가 하고 싶은 말을 담백하게 적어 나가는 수필의 특성이 잘 드러나 있다.

독백과도 같은 글이 한 편의 훌륭한 수필이 되어 있다. 앞의 예문은 정해진 형식이 없이 자기가 쓰고 싶은 말을 붓 가는 대로 쓰는 수필의 특성이 아주 잘 드러나 있다. 이처럼 수필에는 특별히 정해진 형식이 없다.

이 수필의 마지막 부분을 읽어보면서, 수필은 글쓴이의 모습이 그대로 드러나는 가장 개성적인 문학이라는 말의 뜻을 다시 한 번 생각해보자.

애들아, 사랑하는 딸들아.
그까짓 서양놈들의 음악이나 잘 두들겨서 무얼 하겠느냐?
아득한 앞날이겠지만 그러나 언젠가는 반드시 빼앗고야 말 통일의 그 날까지 피아노 대신 우리 한바탕 풍물을 잡히자꾸나. 아니면 차라리 온몸으로 울어버리든지 말이다.
애들아, 문을 열어라, 어서. 아버지가 울고 있다.

글도 술처럼 오래 익힐수록 제 맛이 난다

고쳐쓰기

글을 다 쓰고 난 뒤에 다시 다듬고 고쳐 쓰
는 과정을 한자어로는 퇴고(推敲)라 한다.
이 말은 당나라의 승려 시인이었던 가
도의 고사에서 비롯된 것으로
널리 알려져 있다.

새들은 연못가 나무숲에 깃들고
스님은 달빛 아래 절간 문을 두드린다.

鳥宿池邊樹
僧敲月下門

어느 날 시상이 떠오른 가도가 이런 시를 지었다. 그런데 스님이 문을 '민다(推 : 퇴)'라고 하는 게 좋을지, 아니면 문을 '두드린다(敲 : 고)'라고 하는 게 좋을지 망설여지는 것이었다. 새가 제 둥지를 찾아들 듯, 스님이 열린 문으로 자연스레 들어간다고 보면, '문을 민다'라고 하는 게 좋을 듯했다. 그러나 밤이 이슥해서 낯선 대문을 찾은 나그네의 입장이라고 보면 '문을 두드린다'라고 하는 게 더 나을 것 같기도 했다.

가도는 어떤 표현이 더 좋을까 골똘히 생각하느라고 때마침 지방관의 행차가 다가오는 것도 몰랐다. 웬 중 하나 때문에 가던 길이 막힌 지방관의 하인들이 가도를 붙잡았다.

"네 이놈! 네 눈에는 지방관 나리의 행차가 보이지 않느냐?"

잘못하면 혼쭐이 날 판이었다. 이때 지방관이 나서며 가도에게 물었다.

"그대는 무슨 이유로 나의 갈 길을 막고 있었는가?"

가도는 시를 짓는 데 몰두해서 그렇게 됐다고 대답했다. 가도의 말을 자세히 듣고 난 지방관은 고개를 끄덕이더니, 그것은 '두드린다'라고 하는 것이 좋을 것 같다는 충고를 해주었다. 그 지방관은 바로 당대의 대문장가로서 후세에 당송팔대가의 한 사람으로 꼽히는 한유였다.

이 고사로부터 글을 다 짓고 나서 고쳐 쓰는 것을 퇴고라 하게 되었다고 한다.

퇴고란 말이 나온 위의 고사에 잘 나타나 있듯이 고쳐쓰기란 일단 글을 다 쓴 다음에 그것을 다시 다듬고 손질하는 것이다. 처음에 쓴 원고를 다시 읽어보면서, 내용이나 표현에서 부족한 점을 보완하고 쓸데없는 군더더기는 삭제하며, 잘못된 곳은 바로잡는 것이 고쳐쓰기 단계에서 하는 일이다. 아무리 글솜씨가 뛰어나다 하더라도 처음부터 완벽한 글을 써내는 사람은 아무도 없다. 오히려 글솜씨가 있는 문장가로 불리는 사람일수록 쓴 글을 고쳐 쓰고, 또 고쳐 쓰는 노력을 게을리하지 않는다. 모든 일은 마무리 손질이 중요하듯, 글을 쓰는 일에서도 마무리 작업인 고쳐쓰기가 매우 중요하다.

> 북쪽 하늘에서 기러기가 울고 온다. 밤이 되어도 반딧불이 날지 않고 점점 하늘 한복판으로 흘러내린다. 아무 데서나 쓰러지는 대로 하룻밤을 새울 수 있던 집 없는 사람들에게는 기러기 소리가 반갑지 않다.
> 읍내에서 가까운 기차다리 밑에는 한 떼의 병신과 거지와 문둥이들이 모여 있다. 거적으로 발을 싸고 누운 자, 몸을 모래에 묻고 누운 자, 혹은 포대로 어깨를 두르고 앉은 자, 그들은 모두 가을 오는 것이 근심스럽다.

이 글은 유명한 김동리의 대표적 단편소설 「바위」의 첫 부분이다. 완벽한 표현들인 것 같지만 사실은 잘못된 곳이 있다. 무엇이 잘못되었을까? 그렇다. 기차다리 밑은 거렁뱅이, 떠돌이들의 임시 거처로 적합한 장소가 아니다. 구멍이 다 뚫려 있어서 하늘이 그대로 올려다보이는 곳이다. 거기는 눈비가 내리면 내리는 대로 고스란히 다 맞을 수밖에 없는 곳이다. 게다가 몹시 시끄러운 곳이다. 지친 몸들이 편안히 잠을 이룰 수 있는 곳이 못 된다. 소설가의 작지 않은 실수인 것이다. 이 잘못된 배경 선정은 소설의 진실성을 떨어뜨리고 있다. 이를 뒤늦게 알아차린 작가는 나중에 아주 오랜 세월이 흐른 뒤 이 작품 전체를 개작할 때 이 부분을 고쳐 쓰게 된다.

이처럼 완벽한 글을 쓴다는 것은 매우 어려운 일이다. 전문적으로 글을 썼던 옛 사람들도 이 점을 잘 알고 있었던 모양이다. 수많은 시인, 문장가들이 보다 훌륭한 글을 남기기 위해 글을 고쳐 쓰고 또 고쳐 썼다.

소식(호는 동파) 역시 당송팔대가의 한 사람으로 꼽히는 대문장가이다. 소식이 그 유명한 「적벽부」를 다 지었을 때 마침 친한 친구가 놀러 왔다. 「적벽부」를 읽고 난 친구는 감탄을 거듭하며 며칠이나 걸려 지은 작품인지를 물었다.

"이 사람, 그까짓 글 하나에 며칠은 무슨 며칠이나 걸리겠나? 지금 단숨에 막 짓고 난 참일세."

"과연 천재적 문장가라 다르긴 다르구먼!"

친구는 다시 감탄을 거듭했다. 이야기를 나누다가 소식이 잠시 밖으로 나갔다. 그런데 소식이 앉았던 자리 밑이 두두룩하게 솟아 있었다. 이상하게 여겨 자리를 들쳐보니, 고치고 또 고치고 한 초고가 엄청나게 쌓여 있는 것이었다. 단숨에 짓기는커녕 몇날 며칠을 끙끙거려 완성한 것이 틀림없었다.

또 한 사람의 당송팔대가였던 구양수는 소식과 정반대였다. 그는 아예 자기는 글 고쳐쓰기를 철저히 한다고 자랑하고 다니는 사람이었다. 그는 일단 글을 하나 지으면 그 초고를 벽에 붙여두고, 들락날락할 때마다 읽어보면서 고치곤 했다고 한다.

러시아의 소설가 투르게네프도 고쳐쓰기를 부지런히 한 사람으로 유명하다. 그는 일단 작품을 완성하면 그 즉시 발표하지 않고, 책상 서랍에 넣어두고 석 달에 한 번씩 꺼내어 다시 읽고 고쳐 썼다고 한다.

같은 러시아 소설가 막심 고리키도 체홉과 톨스토이로부터 문장이 거칠다는 혹평을 받고 난 뒤로는 고쳐쓰기를 열심히 했다고 한다. 어찌나 퇴고를 열심히 했는지 초고 용지가 온통 흑색으로 바뀌기 일쑤였다. 이것을 본 친구 한 사람이 "그렇게 글을 자꾸 고치고 줄이다가는 작품이 결국 '어떤 사람이 태어났다. 사랑했다. 결혼했다. 죽었다.'라는 네 마디만 남지 않겠나?"라고 했다는 일화는 유명하다.

동서양의 문호라 불린 사람들이 남긴 명문, 명작품은 대부분 이렇게 끊임없이 갈고 닦으며 고쳐쓰기에 힘쓴 결과 태어난 것들이다. 오랜 세월 익혀야 좋은 술이 나오듯이 글도 오래오래 익혀야 제 맛이 나는 법이다.

고쳐쓰기를 할 때는 전체적 검토, 부분적 검토, 어휘와 맞춤법의 검토 등으로 단계를 나누어 하는 것이 좋다. 우선 글 전체를 검토할 때는 주제를 제대로 살렸는가를 살피는 일이 중요하다. 글 전체가 주제를 살리면서 일관성을 유지하고 있는가, 주제와는 상관없는 다른 부분이 더 강조되지는 않았는가 등을 살펴야 한다. 그 다음에는 각각의 단락을 검토해서 고쳐쓰기를 한다. 각 단락이 논리적으로 전개되어 적절하게 짜여 있는가를 살펴본다. 그리고 마지막으로는 표현이 어색한 문장은 없는가, 단어를 알맞게 사용했는가, 맞춤법에 어긋나지는 않는가 등을 살펴 고쳐쓰기를 하면 된다.

한 줄의 글씨, 한 폭의 그림을 완성하기 위해 서예가나 화가가 얼마나 피나는 수련을 거듭하는가를 생각해본다면, 한 편의 글을 완성하기 위해서 고쳐쓰기에 온갖 정성을 기울이는 일이야말로 꼭 필요한 작업이라는 것을 깨달을 수 있을 것이다.

말 한마디로 거인을 죽인 난쟁이 사내

말을 잘한다는 것

중국 춘추전국 시대 때 제나라에 초유혼이라는 장사가 살았다. 그는 키가 구 척이나 되는 거인으로 아무도 당할 수 없을 만큼 힘이 셌다.

초유혼이 제후의 사신으로 발탁되어 다른 나라에 가던 길이었다. 회진이라는 나루터에 이르러 나루를 건너는데, 바닷속에서 갑자기 용신(龍神)이 솟구쳐 나와 초유혼이 타고 가던 말을 빼앗아 갔다.

초유혼은 크게 화가 나서 용신을 따라 물 속으로 뛰어들어갔다. 그로부터 그는 용신과 굉장한 싸움을 벌였는데, 바닷속에서 밤낮으로 사흘 동안이나 싸움을 계속했다. 초유혼은 마침내 그 싸움에서 승리하여 용신의 이마에 박혀 있는 여의주를 빼앗아 물 밖으로 나왔다.

사람들은 모두 손에 여의주를 들고 뽐내는 초유혼의 주위를 둘러싸고 그의 무용담을 칭송하며, 세상을 뒤엎을 만한 장사라고 입을 모았다. 그때 군중 속에서 느닷없이 이런 외침이 터져 나왔다.

"이 사람들아, 초유흔은 한낱 사기꾼에 불과한데, 저런 미친 놈이 뭐가 대단하다고 세상의 영웅처럼 떠들어대고 있는가?"

모욕적인 말을 들은 초유흔은 화가 나서 두 주먹을 불끈 쥐었다.

"나를 모욕한 놈이 누구냐? 그런 놈은 그냥 놔둘 수 없다. 당장 내 앞으로 나서라."

거인의 뇌성벽력 같은 고함 소리에 모두 무서워서 벌벌 떨었다.

"초유흔은 큰소리 그만 쳐라."

이렇게 외치며 군중 속에서 당당히 앞으로 나선 사람은 키가 석 자도 못 되는 난쟁이 사내였다. 사람들은 모두 난쟁이 사내에게 닥칠 불행을 예측하며 숨을 죽였다. 필경 초유흔의 커다란 주먹이 난쟁이를 짓이겨 놓을 것이었다.

"이 사람아, 내가 뭐 못 할 말을 했다고 그렇게 화를 내는가? 자네가 임금을 속인 것은 사실이 아닌가?"

잔뜩 화가 나 있는 거인을 까마득히 올려다보며 난쟁이 사내가 침착하게 말했다.

"예부터 진실로 용기 있는 사람은 헛된 이름을 싫어하는 법일세. 자네는 영웅인 척 뽐내고 있네만, 자네가 타던 임금이 내린 말은 어디 있나? 말을 뺏긴 대신 여의주를 뺏어 왔다고 변명을 늘어놓고 싶겠지만, 여의주 따위가 무슨 실속이 있는가? 임금이 내린 말을 잃어버리고 쓸데없는 여의주 하나 뺏어 와서 영웅이나 된 듯이 자랑하고 있으니, 그게 바로 임금을 속이는 짓이 아니고 무엇인가? 게다가 헛된 명성에 빠져 자만하고 있으니, 천하의 미친 사람이 아니고 뭐란 말인가. 자네한테 조금이라도 양심이 남아 있거든 스스로 반성하길 바라네."

타이르듯이 조용히 말하는 난쟁이 사내 앞에서 거인 장사는 고개를 숙인 채, 꿀 먹은 벙어리처럼 아무 말 못 하고 부끄러워하였다.

그 날 밤 집에 돌아온 난쟁이 사내는 대문도 걸지 않고 훤히 불을 밝힌 채, 대청마루에서 네 활개를 쭉 펴고 잠을 잤다.

그런데 한밤중이 되자 시커먼 큰 그림자가 다가와 칼로 난쟁이 사내를 내리치려 했다. 그 순간 난쟁이 사내가 벌떡 일어나 천둥처럼 큰소리로 꾸짖었다.

"네 이놈! 비겁하게도 기어코 나를 죽이러 찾아왔구나!"

놀라서 칼을 떨어뜨리고 그 자리에 털썩 주저앉은 그림자의 주인은 초유흔이었다. 난쟁이 사내는 틈을 주지 않고 계속해서 준엄히 거인을 꾸짖었다.

"너는 오늘 옹졸하게도 세 번씩이나 못난 짓을 저질렀다. 어찌 너 같은 자를 사나이라고 하겠느냐?"

"세 번씩이나 못난 짓을 했다니, 그게 무슨 말이오?"

"우선, 바닷가에서 여러 사람들 앞에서 나한테 모욕을 당하고도 너는 내게 감히 대꾸도 못 했으니, 이것이 첫 번째 못난 짓이다. 그리고 좀 전에 내 집 대문으로 들어오면서 기침 한 번 안 하고 도둑고양이처럼 살금살금 기어들어왔으니, 이것이 두 번째 못난 짓이다. 또 영웅이라고 뽐내는 주제에, 나와 정정당당히 맞서지 못하고 한밤중에 아무도 모르게 죽이려고 했으니, 이것이 세 번째 못난 짓이다. 네 자신이 그토록 형편없이 비겁하다는 것을 그래도 모르겠느냐?"

"천하의 영웅으로 자부하던 내가 당신한테 이런 수모를 당했으니 부끄러워서 어찌 더 살아갈 수 있으리오."

거인 초유흔은 스스로 자기 가슴을 찔러 자결하고 말았다.

말 한마디로 거인을 죽인 난쟁이 사내의 이름은 석요리였다.

이 얘기에 나오는 석요리의 말하는 솜씨는 실로 재치가 있어서 감탄할 만하다. 상대의 약점을 예리하게 찔러가면서 꼼짝 못 하게 하는 것이, 말 한마디 한마디가 그대로 비수와 같다. 예로부터 우리는 말로써 상대방을 휘어잡고, 손바닥 안에 가지고 놀듯 하는 사람을 말 잘하는 사람으로 칭찬해왔다. 그러나 참으로 말을 잘 한다는 것은 어떤 것을 의미하는 걸까 다시 한 번 생각해보자.

말을 잘한다는 것은 말 속에 상대방을 움직이는 힘이 있는 것을 뜻한다. 내 말을 듣는 상대방이 충분히 수긍하여 저절로 나와 같은 마음이 되게 할 때, 가장 성공적인 말하기가 된다. 즉 상대방에게 충분한 공감을 얻었을 때, 말을 잘한 것이 된다. 상대방의 공감을 이끌어낸다는 것은 곧 내 마음의 진실이 통했다는 뜻이고, 상대방을 감동시켜 마음이 움직이도록 만들었다는 뜻이다. 내 마음의 진실을 담아 상대방을 감동시키는 것, 이것이 성공적인 말하기의 핵심이다.

난쟁이 사내 석요리의 말솜씨는 나름대로 조리가 있고 날카로워서, 상대방이 할 말이 없게끔 만들었다. 그러나 석요리의 말은 상대방에게 진정한 공감을 불러일으키는 것이 아니었다. 상대방의 처지나 입장을 전혀 고려하지 않고, 약점만을 날카롭게 파고들었다.

상대방에 대한 너그러운 이해심 없이 공감을 이끌어내고 진실이 통하게 할 수는 없다. 만약 난쟁이 사내 석요리에게 거인 사내의 입장을 생각해주려는 너그러운 마음이 조금이라도 있었다면, 그렇게까지 상대방을 깔아뭉갤 수는 없었을 것이다.

　다시 말하면, 난쟁이 사내의 말솜씨는 사람을 감동시키는 진실한 대화술이 아니라, 살인까지 저지를 수 있는 흉악한 무기였다. 훌륭한 말하기란 먼저 상대방의 입장을 고려해주는 이해와 관용의 자세에서 출발하는 것임을 기억하자.

일곱 걸음 만에 시를 짓고 살아나다

글쓰기의 올바른 태도

"콩깍지를 태워 콩을 삶는다"는 말이 있다. 이는 형제 사이에 심하게 다투는 골육상쟁을 뜻하는 고사성어이다.

중국 삼국 시대의 영걸 조조는 문학에도 뛰어난 재능이 있었다. 문학을 매우 좋아했던 그는 이른바 '건안 시대의 문학'을 일으킨 장본인이기도 하다. 건안 시대 문학에서 '3조(三曹)'라 불리는 글재주가 뛰어난 조씨 세 사람이 있다. 이 가운데 한 사람이 바로 조조이고, 나머지 두 사람은 조조의 맏아들인 조비와 셋째 아들 조식이다.

조조는 당대에 비교할 상대가 없을 정도로 특출난 재주를 지닌 조식을 각별히 사랑하였다. 한때는 셋째 아들 조식을 너무 편애한 나머지, 맏아들 조비를 제쳐놓고 태자로 책봉하려고까지 했다. 그러나 조식은 성격이 너무 직선적이고 신중하지 못해서 거칠고 난폭한 행동을 자주 했던 탓에, 끝내 단념하고 조비로 하여금 대를 잇게 하였다.

전쟁에 바쁘던 조조가 갑자기 죽자, 맏아들 조비가 즉위하여 문제(文帝)가 되었다. 문제와 조식은 어려서부터 서로 성격이 맞지 않아 자주 다투었기 때문에 둘의 사이는 별로 좋지 않았다. 게다가 문제는 아우의 뛰어난 글재주를 시기하고 있었다.

어느 날 문제는 동아왕으로 책봉되어 있는 아우 조식을 불러 시 한 수를 짓게 하였다.

"네가 내 앞에서 지금부터 일곱 걸음을 떼는 동안에 시 한 수를 짓지 못하면, 황제의 명을 거역한 자로 여기고 엄벌에 처하겠다."

물론 조식을 해치려는 뜻이었다. 조식은 형 문제의 말이 떨어지자마자 자리에서 일어나, 걸음을 옮기며 시를 읊었다.

콩깍지를 태워 콩을 삶는데   煮頭燃豆箕

가마솥 속의 콩이 뜨거워서 운다.   豆在釜中泣

우리는 본디 같은 뿌리에서 났건만   本是同根生

왜 이다지도 급히 볶고, 볶이는가.   相煎何太急

같은 부모에게서 난 친형제간에 서로 도우며 의좋게 살아가야 하건만, 우리는 왜 서로 죽이려 하는가라고 한탄하는 시였다. 문제는 아우의 시를 듣고 크게 뉘우치고 부끄러워하였다. 조식이 일곱 걸음 만에 시를 짓고 살아난 이 고사에서 유래하여 뛰어난 문학작품을 '칠보시(七步詩)'라 하고, 놀라운 글재주를 '칠보지재(七步之才)'라고 일컫는다.

이 고사에서 돋보이는 것은 무엇보다도 시를 빨리, 또 재치 있게 지은 재주이다. 살다보면 우리는 좋든 싫든 글을 짓고 써야만 하는 경우가 많다. 글쓰기란 대개의 경우 힘든 작업이다. 글 쓰는 것을 직업으로 삼는 전문적인 문필가라도 힘들기는 마찬가지이다. 하물며 문필가가 아닌 보통 사람의 경우에는 정말 무엇을 써야 좋을지 막막할 때가 많다.

조식처럼 번쩍이는 글솜씨가 있어서, 단숨에 글을 쓸 수 있다면 오죽 좋을까마는 하늘은 그런 재주를 아주 드물게만 내려준다. 그러니 우리가 편지 한 장, 시 한 편을 쓰기 위해서 그렇게 끙끙거리는 것 아니겠는가.

옛 이야기를 하나 더 읽고, 좋은 글을 쓴다는 게 얼마나 어려운 일인지 생각해보자.

고려 시대에 '해동제일(海東第一 : 우리나라에서 최고)'이라는 평판을 듣기도 했던 유명한 문인 김황원이 하루는 서도의 영명사 남헌(지금의 평양 부벽루)에 올라갔다. 그곳의 남쪽엔 큰 강 옆으로 너른 벌판이 끝없이 펼쳐져 있고, 동쪽엔 산봉우리가 멀리 가물거리는 천하의 절경이었다.

남헌에는 그곳에 올랐던 숱한 시인들이 시를 지어서 현판에 새겨 걸어 놓은 것이 수두룩했다. 명승지에 올라 시흥이 도도해진 김황원은 거기 걸려 있는 시들이 한결같이 마음에 들지 않았다. 그는 시가 적힌 현판을 모두 떼어내 불살라버렸다. 자기가 멋들어진 시를 새로 지어 본때 있게 걸어놓을 속셈에서였다.

김황원은 평양의 절경을 바라보며 해가 저물도록 난간에 기대 서서 시를 지으려고 끙끙거렸다. 해가 지기 직전에야 가까스로, 마치 달을 보고 우는 원숭이 같은 서글픈 목소리로 시 한 구절을 읊었다.

긴 성 한쪽에 넘실넘실 물　　　長城一面溶溶水
큰 들 동쪽에 점점이 산　　　　大野東頭點點山

그러나 이것과 짝을 이룰 나머지 한 구절이 영 떠오르지 않는 것이었다. 김황원은 마침내 시를 완성하지 못하고 대성통곡을 하면서 내려왔다.

어떤가. 통쾌하지 않은가. 우리나라 제일이라는 평판을 들었던 재주 넘치는 시인이 종일토록 시 한 편을 짓지 못해서 쩔쩔매다가 기어코 울음을 터뜨리고 말았다니. 글을 짓고 쓰라면 우선 미간부터 찡그리는 우리네한테야 적잖이 위안을 주는, 썩 기분 좋은 옛 이야기가 아닌가 말이다.

글이란 저절로 써지는 게 아니다. 쓰다보면 어쨌든 글이 되겠지 하는 생각을 하는 사람이 많다. 그러나 그것은 아무 계획도 없이 덮어놓고 집을 지어보자는 생각과 조금도 다르지 않다. 좋은 집을 짓자면, 우선 어떤 집을 지을 건지 대충 그려봐야 한다. 그 다음 자재가 충분해야 하고, 설계도가 있어야 한다. 설계도에 따라 집을 다 짓고 난 뒤에도 손질이 많이 간다. 내부 장식을 해야 하고, 도배도 해야 하며, 색칠도 해야 한다.

글을 쓰는 것도 이와 같다. 가장 먼저 주제를, 즉 무엇에 대해 쓸 것인가를 정해야 한다. 그런 다음 글감을 골라 모으고, 내용을 어떻게 짜 나갈 것인지 구성해야 한다. 다 쓴 뒤에도 다시 글을 다듬어 손질해야 한다.

집을 지을 때 충분한 시간이 필요하듯이 글도 마찬가지다. 그렇지 않으면 부실한 건물이 되고, 변변찮은 글이 된다. 요컨대 충분히 생각하고, 계획을 짜서, 정성을 들여야만 좋은 글이 나온다.

김황원에게는 조식과 같은 칠보지재가 없었는지도 모른다. 그러나 그가 끝내 글을 다 짓지 못하고 울어야만 했던 가장 큰 까닭은, 아무런 준비나 계획도 없이 즉흥적인 재치로만 글을 지으려 했던 무모함 때문이었다.

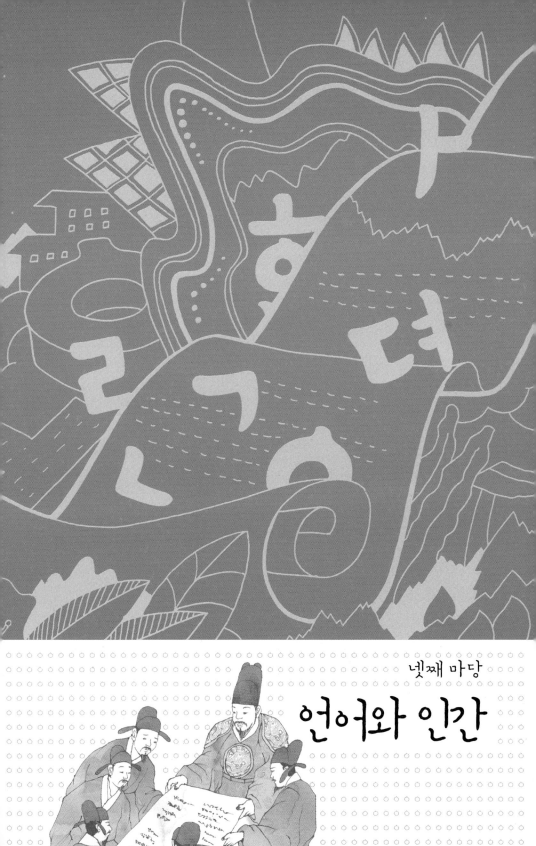

넷째 마당

언어와 인간

침팬지를 훈련시키면 말을 할 수 있을까

인간 언어의 창조성

일반적으로 언어는 사람만이 지닌 것이라고 알려져 있다. 그러나 우리는 주변에서 말하는 앵무새나 구관조 따위를 흔히 볼 수 있다. 또 영리한 개가 훈련을 조금 받으면 '앉아', '일어서', '손 내놔' 같은 말을 알아듣고 사람이 시키는 대로 행동하는 것을 볼 수도 있다. 그 밖에 말이나 돌고래 등도 사람의 말을 알아듣고 시키는 대로 하는 것을 볼 수 있다.

언어능력을 갖고 있는 것이 아닌가 의심이 드는 동물은 사람이 기르는 동물만이 아니다. 야생동물인 늑대는 귀, 입술, 꼬리 등으로 감정을 표현한다고 한다. 꼬리를 구부리는 동작 하나만으로도 자신감, 위협, 낙심, 방어, 복종, 무관심, 항복 등 여러 가지 감정을 나타낼 수 있는 것이다.

이렇게 따져보면, 우리는 언어란 과연 인간만이 지니고 있는 것인가 하는 의문을 품지 않을 수 없게 된다.

칼 폰 프리슈는 꿀벌의 통신 방법을 세밀한 실험으로 관찰하여 1973년

노벨상을 받은 사람이다. 그에 의하면 꿀벌은 놀랄 만큼 정교한 통신 수단을 갖고 있다고 한다.

10km나 떨어져 있는 곳에서 꿀을 발견한 벌은 동료들이 있는 벌집으로 돌아와 그 앞에서 춤을 춘다. 그러면 그 춤을 본 다른 꿀벌들이 그 먼 거리를 날아가 정확하게 꿀이 있는 곳에 도착한다. 꿀을 발견했다고 춤을 출 때, 꿀이 있는 방향과 거리를 정확하게 알려주는 것이다.

프리슈의 관찰에 의하면 꿀이 있는 곳의 방향은 각도를 이용하여 알린다. 태양과 벌집을 똑바로 잇는 직선에서 얼마만큼 각도에 위치해서 그쪽으로 가면 맛있는 꿀이 있다고 일러주는 독특한 춤을 춘다. 꿀이 있는 곳까지의 거리는 춤의 빠르기로 나타낸다. 춤이 빠를수록 가까운 거리이고 느릴수록 먼 거리이다. 약 15초에 열 번 돌면 100m, 여섯 번 돌면 500m, 네 번 돌면 1500m 가량을 나타낸다. 이렇게 해서 약 11km 떨어진 거리까지 정확하게 알려줄 수 있다고 한다.

꿀벌의 통신에서 더욱 신기한 것은 발견한 꿀의 질이 어떤가도 전달할 수 있다는 점이다. 춤추는 날갯짓이 힘차고 씩씩하면 꿀의 질이 기막히게 좋다는 뜻이고, 그렇지 않으면 별것 아니라는 뜻이라고 한다.

프리슈의 관찰 결과는 꿀벌에게도 사람 뺨치는 정보 전달 방법이 있음을 깨닫게 해준다. 그러나 그가 행한 다음 실험의 결과는 우리의 이러한 기대를 어긋나게 한다.

벌집 위 50m 되는 곳에 나무 막대를 세우고 그 위에 꿀을 가져다 놓았다. 꿀벌이 맛보게 한 뒤 벌집으로 돌아가게 했더니 다른 꿀벌들에게 그 위치를 가르쳐주지 못했다.

수평적인 거리는 10km까지도 춤을 춰서 정확하게 알려줄 수 있지만,

50m밖에 안 되는 수직적인 거리는 전달해줄 방법을 모른다는 사실에서 우리는 꿀벌의 정보 전달 능력이 전혀 창조성이 없는 본능적인 것이라는 사실을 알 수 있다. 사람의 경우에는 아무리 어린아이라 해도, 10km 떨어진 곳에 꿀이 있는 것을 가르쳐줄 수 있는 정도라면 불과 50m 위에 꿀이 있다는 것을 가르쳐주는 것은 식은 죽 먹기일 것이다. 이것은 꿀벌에게 '언어'가 있다면, 그것은 목숨을 이어가기 위한 본능적인 것일 뿐, 사람처럼 창조적인 의사표시를 하는 언어가 아니란 것을 보여준다.

20세기 초, 독일의 베를린에 폰 오스텐이라는 수학 교사가 있었다. 그에게 한스라는 말이 있었는데, 아주 영리하여 셈을 할 줄 안다고 소문이 났다. 주인이 "셋 더하기 넷은 얼마인가?" 하고 물으면 앞발굽으로 땅을 일곱 번 치고, "열 빼기 다섯은 얼마인가?" 하고 물으면 땅을 다섯 번 쳐서 사람들을 놀라게 하는 것이었다.

이 소문이 퍼져서 과학자들의 관심을 끌게 되었다. 과학자들이 조사해 보았더니, 한스는 셈을 할 수 있었던 것이 아니라 사람들의 눈치를 보고 정답을 맞혀낼 수 있었던 것에 불과했다. "셋 더하기 넷은?" 하고 주인이 물으면 한스는 땅을 한 번씩 두드리기 시작한다. 그렇게 해서 일곱 번을 치면, 구경꾼들이 긴장을 하게 되고 얼굴 표정이 바뀐다. 그러면 이때, 영리한 말 한스는 땅을 두드리는 동작을 멈추었던 것이다.

질문자가 한스의 귓가에 대고 "둘 더하기 셋은?" 하고 속삭이자, 말은 계속 땅을 두드리며 멈출 줄을 몰랐다. 구경꾼들이 정답을 모르고 있으므로 그들의 표정엔 어떠한 변화도 일어나지 않았고, 따라서 한스도 언제 땅을 그만 두드려야 하는지를 알 수 없었던 것이다.

이 글의 맨 앞에서 얘기한 앵무새가 말을 하고 개가 사람 말을 알아듣는 것도 모두 영리한 말 한스의 경우와 다를 것이 없다. 앵무새나 개가 '안녕하세요?', '앉아' 따위의 말뜻을 제대로 알고 있는 것이 아니다. 그것들은 훈련받은 대로 맹목적으로 행동하는 것뿐이다. 음식을 주지 않고 종소리만 울려대도 침을 흘리는 파블로프의 개와 다를 것이 없는, 거듭된 훈련의 결과에 지나지 않는다.

동물 중에 가장 지능이 뛰어나고 사람을 닮은 것으로 침팬지, 고릴라, 원숭이 등이 있다. 이런 영장류들은 늑대보다 더 많은 감정을 표현할 수 있어서, '위험', '분노', '위협', '순종' 등을 음성이나 몸짓으로 나타낼 수 있다. 그러나 그것은 창조적인 의사 표시를 할 수 있다는 것을 의미하는 것이 아니라, 본능적으로 타고난 것일 뿐이다.

20세기에 들어 동물심리학자들은 재미난 실험을 여러 차례 했다. 그것은 학자 부부가 갓 태어난 침팬지를 데려다가 마치 자기 아이를 키우듯이 집 안에서 사람과 똑같이 키우면서 언어를 가르치는 것이었다. 그러면 침팬지가 과연 인간처럼 말을 할 수 있지 않을까 하는 실험이었다. 이러한 실험이 성공한다면, 그건 바로 인간만 언어능력이 있는 게 아니라는 것을 증명하는 것이 되었다.

이런 실험 중 가장 성공한 예로는 1970년대 침팬지 사라를 키운 프리맥 부부의 경우를 들 수 있다. 이들 부부는 침팬지가 인간처럼 말을 하지 못하는 것은 머리가 나빠서가 아니라, 발성 기관이 인간과 다르기 때문이라고 생각하고 여러 가지 그림을 그린 플라스틱 카드를 이용하여 사라에게 언어를 가르쳤다.

아래 그림처럼 그려진 넉 장의 카드를 사라에게 보여주면, 사라는 이것을 "사라야, 사과를 물통에 넣어라."라고 이해하고 그대로 행동할 수 있었

사라　넣다　사과　물통

다고 한다.

　또다른 실험의 대상이었던 침팬지 와쇼는 두 개의 카드를 서로 이어서 '네가 마셔라(You drink)', '내 아기(baby mine)' 따위의 의사표현을 천 가지가 넘게 해내기도 했다.

　그러나 침팬지들의 이러한 언어는 거듭해서 훈련받은 것을 그대로 되풀이한 것뿐이어서, 자기 의사를 창조적으로 표현하는 인간의 언어와는 근본적으로 다르다. 사람은 과거나 미래의 일도 표현할 수 있고, 추측하거나 상상한 내용을 말하기도 한다. 심지어 거짓말도 할 수 있다. 그러나 동물들은 현재 자기 앞에서 벌어지고 있는 상황만 표현할 수 있다.

　무엇보다도 사람은 누구나 자기가 전에 한 번도 들어보지 못했고, 읽은 적도 없는 표현을, 즉 훈련받은 것이라고 할 수 없는 표현을 할 수 있다.

"나는 어제 서울역 앞 시계탑 위에서 빨간 옷을 입고 브레이크 댄스를 추는 외눈박이 황새 한 마리를 보았다."

사람은 훈련받지 않고도 이러한 새로운 문장을 창조해낼 수 있으며, 또 이해할 수 있다. 그러나 침팬지는 결코 이런 문장을 창조해낼 수 없고 이해할 수도 없다. 그러므로 현대의 유명한 언어학자 노암 촘스키는 "침팬지가 언어능력을 지녔다고 증명할 수 있는 가능성은, 날개 없는 새를 사람이 훈련시켜서 날게 할 수 있는 가능성과 같다."고 했다.

결국 아직까지 창조적인 언어능력을 지닌 동물은 사람말고는 발견되지 않았다고 하겠다. 언어의 창조성은 오직 사람에게만 있다. 동물의 언어에서는 찾아볼 수 없고, 오직 인간의 언어에서만 나타나는 특징에는 이런 창조성말고도 여러 가지가 있다. 이런 점에서 일반적으로 언어는 사람만이 지녔다고 하는 것이다.

일본인이 향가를 해독하다니

민족적 분노와 부끄러움으로 향가를 연구한 양주동

　무애 양주동 박사가 새 동네로 이사를 갔다. 자주 술에 취해 비틀거리며 밤늦게 귀가하는 그를 동네 사람들은 '양주통'이라 부르며 흉봤다. 시간이 조금 지나면서, 그의 재치 있는 말솜씨와 해박한 지식이 라디오 전파를 타고 흘러 나왔고, 동네 사람들도 찬탄하게 되었다. 그러자 그를 '양주둥이'라고 부르기 시작했다. 보통 사람은 입이 하나인데 그는 입이 두 개쯤 될 정도로 말을 잘한다고 해서 붙여준 별명이었다. 시간이 더 흐르자, 드디어 동네 사람들은 자기네 이웃에 이사 온 양주동이란 사람이 이 땅에 둘도 없는 자랑스런 학자란 걸 알게 되었다. 그때서야 비로소 동네 사람들은 그를 '국보'라 부르며 칭송하고 존경하였다.

　이 우스갯소리가 정말 있었던 일인지, 아니면 누가 지어낸 얘기인지는 알 수 없다. 그러나 이 얘기 속에 나오듯 양주동이 '국보'라 불릴 만큼 뛰어난 학자였음은 사실이다. 살아서 이미 나라의 보배라는 칭송을 들을 정

222

도로 큰 학자였던 양주동. 그가 어떤 사람인지 알아보자.

1903년 황해도 장연에서 태어난 양주동은 어릴 때 시골에서 한문학만 공부하다가 커서는 일본에 유학하여 대학에서 프랑스 문학과 영문학을 전공하였다. 이때 그는 보들레르, 키츠, 지드 등을 좋아했다고 한다. 대학을 졸업하고 스물여섯 젊은 나이에 평양 숭실전문학교의 교수가 되어 영·미 문학을 강연하였다. 한편 시와 평론, 수필 그리고 번역에도 재주가 있어서 제법 이름을 날리기도 했다. 그리고 시간이 나면, 거리에 나가 노인들이며 지게꾼들과 함께 어울려 장기를 두는 것이 큰 취미였다. 국어국문학과는 그다지 인연이 없어서 시인이나 비평가, 또는 사상가가 될지언정 학자가 되려는 생각은 별로 없었다고 한다. 태평스럽고 한가한 나날을 보내고 있던 그는 우연한 일로 큰 충격을 받고, 인생이 크게 달라진다.

양주동은 우연히 학교 도서관에서 일본인 조선어 학자 오쿠라 신페이(小倉進平)의 『향가 및 이두의 연구』(1929년)란 책을 보게 되었다. 처음엔 그저 단순한 호기심으로 책을 읽어 내려갔지만, 차차 놀라움과 감탄의 눈으로 하룻밤 사이에 그 책을 다 읽었다. 책을 다 읽고 난 양주동은 놀라움과 함께 비분한 마음을 금할 수 없었다.

향가란 한자의 음과 뜻을 빌려 우리말을 표기한 신라 시대의 노래이다.

① 風伊松松(風:바람 풍, 伊:저 이, 松:솔 송)

　─바람이 솔솔

② 星伊松松(星:별 성, 伊:저 이, 松:솔 송)

　─별이 송송

이 한자로 된 구절들은 한문 문장이 아니다. 한문 문장인 줄 알고 아무리 애써보아야 해석할 수 없다. 왜냐하면 우리말이기 때문이다. ①은 '바람이 솔솔'이란 우리말을, ②는 '별이 송송'이란 우리말을 한자의 음과 뜻을 이용해 적은 것이다. ①에서는 '風, 松'의 뜻을, '伊'의 음을 이용하여 우리말을 적고 있고, ②에서는, '星'의 뜻을, '伊, 松'의 음을 이용하여 각각 우리말을 적고 있다.

이런 문자 표기 방식을 이두라 하며, 특히 신라 향가에 쓰인 표기 방식을 향찰이라 한다. 우리말을 적을 우리글을 갖고 있지 못하던 시대에 우리 조상들은 부득이 이렇게 한자의 음과 뜻을 이용하여, 자기 감정을 자유로이 표현하는 방식을 창안했다.

신라 시대에 널리 사용됐던 이두식 표기 방법은 그 뒤 차차 쓰지 않게 되었다. 그것은 사람들이 한문을 거의 자유자재로 쓰게 되고, 또 조선조 초기에는 우리글이 창제되어 쓰이기 시작했기 때문이다. 그래서 일제 침략 초기에 우리의 고전에 눈을 돌렸던 최남선 같은 대학자도 『삼국유사』 등에 보이는 향가를 풀이해낼 수가 없었다. 향가는 모두 향찰로 표기되어 있는데, 이것을 제대로 읽어낼 수 있는 사람이 아무도 없었던 것이다.

앞에서 말한 오쿠라 신페이의 『향가 및 이두의 연구』는 향가를 해독하여 우리 민족의 이런 숙제거리를 풀어놓은 것이었다. 가장 오래된 우리의 귀중한 문학 유산이, 우리를 침략한 사람들의 손에 의해 비로소 제 빛을 발하게 되었으니 얼마나 부끄러운 일인가. 영·미 문학 교수로서 학생들을 가르치면서, 남들에게 재기 넘치는 젊은이로 평가받고 우쭐대며, 한가하게 장기판이나 벗하며 지냈던 청년 양주동은 크게 깨달았다.

우리 민족은 다만 일제의 총칼 아래서만 망하는 것이 아니었다. 우리들의 언어와 문화까지도 철저하게 빼앗겨 망해가고 있는 것이었다. 투사가 되어 총칼을 들고 일제에 대항해 싸우지는 못할망정, 학문에 힘을 쏟아 빼앗긴 민족 문화유산을 되찾아야겠다고 양주동은 비장한 결심을 하였다.

오쿠라의 책을 읽은 다음 날, 그는 먼저 장기판을 쪼개 불살라버렸다. 영·미 문학 책들은 상자 속에 집어넣었다. 그러고는 서울로 올라와 최남선, 이희승, 이병기, 방종현 등 여러 학자의 집을 찾아가서 우리의 귀중한 옛 책들을 한 보따리씩 빌려 왔다.

집으로 돌아와 향가 연구에만 몰두하던 그에게 병마가 찾아왔다. 건강을 돌보지 않고 공부에 너무 몸을 혹사시켜 폐렴에 걸린 것이다. 40도를 오르내리는 고열이 며칠 동안 계속되었다. 죽는 줄 알고 가족과 제자들이 모두 슬피 울었다. 그런데 혼수상태의 그가 갑자기 벌떡 일어나 부르짖었다.

"하늘이 이 나라 문학을 망치지 않으려는 한, 나는 죽지 않는다."

천행으로 살아난 그는 우선 「향가의 해독, 특히 원왕생가에 취하여」란 논문 한 편을 발표했다. 이 논문은 오쿠라의 향가 해독에 많은 오류가 있음을 지적하고, 그 잘못을 바로잡은 것이었다. 이 논문을 본 일본 학자들은 "드디어 조선인도 공부하기 시작했다."고 하며 놀라워했다고 한다. 『향가 및 이두의 연구』를 발표하여 일본 학술원 상을 받고, 또 그들의 왕이 주는 상을 받기도 했던 오쿠라는 이때 자기 책에 잘못이 있음을 솔직히 인정하는 등 자존심이 꽤 상했던 것으로 전해진다.

그 뒤 양주동은 숭실전문학교의 교수 자리를 버리고, 집 안에 틀어박혀

향가 해독에 몰두한 양주동

궁핍과 고난 속에서 연구를 계속했다. 오직 연구에만 몰두했던 이 시절에 그는 완전히 향가에 미쳐 있었다. 향가 전부를 집안의 벽마다, 심지어는 뒷간에도 써붙여두고 늘 보면서, 자나깨나, 앉으나 누우나, 그 풀이에 온 정신과 힘을 쏟았다. 어떤 때는 뒷간에서 갑자기 생각나는 게 있어서, 용변을 보다 말고 크게 소리치며 서재로 뛰어간 적도 있다고 한다. 전차를 타고 가다가, 혹은 걷다가, 어떤 때는 자다가 꿈속에서 불현듯 떠오르는 것이 있어 그때마다 메모하기 위해 황급히 종이와 연필을 찾아 들었다고 하니, 향가 연구에 쏟은 그의 심혈이 얼마나 대단한 것이었는지를 짐작할 수 있다.

수년 동안의 뼈를 깎는 노력 끝에 1942년 마침내 그는 『조선 고가 연구』란 책을 완성했다. 우리 손으로 우리의 자랑스런 문화유산인 향가를 최초로 해독한 빛나는 업적이었다. 이 책은 일본인 오쿠라가 잘못 해독했던 많은 부분을 바로잡아서 더욱 빛이 났다.

향가의 연구는 오늘날에도 계속되고 있다. 양주동이 오쿠라의 잘못을 바로잡았듯이, 후학들은 양주동에게서도 적지 않은 오류를 찾아내고 있다. 그러나 향가를 본격적으로 해독한 최초의 국어학자라는 역사적 자리매김은 영원히 그의 차지가 되었다.

우리의 언어와 문화유산마저 남의 나라 사람들에게 빼앗길 수 없다던 양주동의 울분과 자존심은 그의 훌륭한 업적과 함께, 그가 가고 긴 세월이 흐른 지금도 우리들의 가슴속에 살아 있다. 그러나 한편, 향가를 처음

해독해낸 것이 일본 사람이었다는 부끄러운 역사적 사실을 우리는 뼈아
프게 기억해야만 한다. 다시는 그런 일을 당하지 않기 위해서.

신라인과 고구려인은 통역 없이
대화할 수 있었을까

고대 세 나라의 언어

신라 선덕여왕 11년(621년)에 백제가 신라의 대량주(지금의 경상남도 합천)를 공격하여 함락시켰다. 이때 신라 재상 김춘추의 딸 고타소 낭자가 남편인 품석이 죽자 따라 죽었다. 딸을 잃은 김춘추는 고구려 군대를 끌어들여 원수를 갚으려고 하였다. 신라 왕이 그렇게 하도록 허락하여 김춘추는 고구려로 떠났다. 고구려 군사를 좀 보내달라는 청병을 하기 위해 직접 사신으로 간 것이었다. 고구려 왕은 김유신과 김춘추를 매우 경계하고 있었으므로 자칫 죽음을 당할지도 모르는 위험한 사신 길이었다.

처음에 고구려 왕은 잔치를 베풀어주면서 김춘추를 상당히 환대하였다. 얼마 지나지 않아 고구려 신하 한 명이 왕에게 간언하였다.

"지금 신라에서 사자로 온 사람은 보통 인물이 아닙니다. 이번에는 아마 우리 고구려의 형세를 살펴보기 위해 온 것 같습니다. 왕께서는 후환이 없도록 도모하시는 것이 좋겠습니다."

이 말을 듣고 고구려 왕은 김춘추를 죽이려고 마음먹었다.

"마목현(지금의 경상북도 조령)과 죽령은 본디 우리 땅이니까 우리 고구려에 돌려줘야 한다. 이 두 곳을 우리에게 돌려주지 않으면 그대는 신라로 돌아갈 수 없다."

김춘추를 죽이기 위한 트집을 잡으려고 일부러 무리한 요구를 한 것이다.

"국가의 땅은 신하인 제가 마음대로 할 수 있는 게 아닙니다. 신은 감히 그 명령을 좇을 수 없습니다."

예상했던 대로 김춘추는 이를 거절하였다. 고구려 왕은 크게 노하여 김춘추를 감금했다. 그러나 곧바로 죽이지는 않았다.

언제 죽임을 당할지 알 수 없는 위급한 처지에 놓이게 되자, 김춘추는 비밀리에 손을 썼다. 고구려 왕이 총애하는 신하인 선도해에게 가지고 있던 푸른 베 이백 보를 뇌물로 바쳤다. 뇌물을 받은 선도해가 음식을 가지고 찾아왔다. 함께 술을 마시던 중에 선도해가 웃으며 '거북이와 토끼의 설화'를 들려주었다.

토끼를 꾀어 용궁으로 데려가던 거북이가 "사실은 용왕의 딸이 병에 걸려서 토끼의 간을 약에 쓰려고 너를 데려간다."고 사실대로 말하였다. 그러자 토끼는 놀라지도 않고 태연히 대꾸했다. "내가 요새 마침 마음이 괴로워서, 간을 꺼내 씻어서 바위 틈에 놓아두었는데, 급히 오느라고 그냥 오고 말았다. 나는 간이 없어도 살아가는 데 지장이 없으니까 다시 돌아가서 가져오는 게 어떤가?" 이래서 땅으로 다시 돌아온 토끼가 "에이, 어리석은 놈아. 간 없이 사는 놈이 어디 있느냐?"라고 말하니까, 거북이는 아무 대꾸도 못 하고 무참히 돌아갔다.

그 말의 뜻을 알아차린 김춘추가 곧 고구려 왕에게 글을 올렸다.

"두 개의 영은 본래 고구려 땅이 맞습니다. 신이 귀국하면 우리 왕에게 청하여 돌려드리겠습니다. 제 말씀을 믿지 못하신다면 저 태양 앞에 맹세하겠습니다."

고구려 왕이 그제야 기뻐하였다. 게다가 그를 죽이면 김유신이 보복하러 쳐들어올 것이라는 정보가 있었기 때문에 김춘추를 풀어주었다.

국경을 벗어난 김춘추가 전송하러 온 고구려 신하에게 말했다.

"내가 백제에 대한 원한을 풀려고 일부러 와서 군사를 청하였던 것인데, 고구려 왕은 도리어 사람을 붙잡아놓고 땅이나 내놓으라고 했다. 땅 문제는 신하인 내가 마음대로 할 수 있는 일이 아니다. 저번에 왕에게 보낸 글은 죽음을 벗어나려고 쓴 것일 뿐이다."

이것은 『삼국사기』, 「열전 김유신 상」에 실려 있는 이야기이다. 신라 사람인 김춘추가 고구려 사람들과 대화하는 장면이 실려 있어서 흥미롭다. 이 기록을 살펴보면 김춘추가 고구려 사람들과 통역 없이 직접 대화를 나누었다고 보는 것이 자연스럽게 느껴진다. 특히 은밀히 찾아온 선도해와 함께 술을 마시면서 대화를 나누는 장면은 통역이 없었다고 보는 것이 자연스럽다. 두 사람이 나눈 비밀스런 대화이기 때문이다. 그러나 이 기록만으로는 신라인 김춘추가 고구려인과 말할 때 통역이 필요하지 않았다고 단정적으로 말할 수 없다. 김춘추가 통역관을 항상 거느리고 다녔을 가능성도 있기 때문이다.

국어학자들이 국어의 역사를 밝히고자 할 때 가장 곤란을 느끼는 점은 고대 국어에 대한 기록이 거의 남아 있지 않다는 사실이다. 신라, 고구려, 백제 세 나라의 언어만 해도 그렇다. 부족하기는 하지만 기록들(예를 들면 『삼국사기』 지리지에 보이는 세 나라의 땅 이름 같은 것)을 바탕으로 추측해보면, 세 나라의 언어는 어느 정도 차이가 있었음을 알 수 있다.

세 나라의 언어 중에서도 가장 자료가 부족해 그 실상을 알기 어려운 백제의 언어는 여러 모로 미루어보아 신라의 언어와 거의 차이가 없었던 것으로 추측된다.

그러나 신라와 고구려 두 나라의 언어는 적지 않은 차이가 있었던 듯하다.

가령 '산'과 '바다'를 신라어에서는 '모리', '바돌', 고구려에서는 '달', '나미'라 했던 것으로 추측된다. 또 고구려어의 수사(셈씨)는 신라어의 그것과는 상당히 달랐던 것 같다. '산'이나 '바다' 그리고 수사 같은 기본적인 어휘가 달랐다면, 두 나라의 언어가 적어도 어휘적으로는 많은 차이가 있었음을 짐작할 수 있다.

그러나 한편으로는 두 나라에서 쓰인 어휘가 같았던 것으로 보이는 경우도 꽤 있다. 기록에 남아 있는 것을 예로 들면, '물'을 다같이 '플'이라 했고, '검다'를 똑같이 '그믈다'라고 했던 것 같다. '물'이나 '검다' 같은 일상 생활의 기본 어휘가 같은 점을 따져보면 두 나라의 언어가 서로 의사를 소통할 수 없을 만큼 이질적인 것은 아니었던 것으로 보인다. 즉 두 나라의 언어 차이는 단지 방언적 차이에 지나지 않았던 것으로 추측되기도 한다.

그렇다면 도대체 신라와 고구려 두 나라의 언어는 얼마만큼 달랐다는 말인가? 이 물음에 대한 올바른 답은, 자료의 부족으로 말미암아 현재로서는 정확히 알 수 없다는 것이다. 다만 신라와 고구려의 언어는 적어도 어휘적으로는 상당한 차이가 있었다고 결론 지을 수 있다. 그러나 그 차이가 통역을 필요로 할 정도는 아니었던 것으로 대부분의 국어학자들은 믿고 있다.

아무튼 이렇게 차이가 났던 세 나라의 언어도 신라가 삼국을 통일하면서, 남쪽 지방의 언어였던 신라어를 근간으로 하여 통일을 이루게 되었다. 이렇게 하여 성립된 고대 국어가 근본적 변동 없이 현대 국어까지 이어져 내려왔다. 신라 향가가 현대 국어의 모습과 근본적인 차이를 보이지 않는 것에서 이와 같은 사실을 확인할 수 있다.

왜 훈민정음을 만들었을까

우리나라의 말소리는 중국과 달라서 중국어를 적는 글자인 한자로써
는 우리말을 적을 수 없다. 그러므로 어리석은 백성이 말하고자 하는
바가 있어도, 자기 뜻을 발표하지 못할 사람이 많다. 내가 이것을 불쌍
히 여겨서 새로 스물여덟 글자를 만드니, 사람마다 쉽게 익혀서 날마
다 쓰는 데 편안하게 하고자 할 따름이다.

                  – 훈민정음 서문

 훈민정음 첫머리에 실려 있는 유명한 글이다. 세종 스스로 한글(당시의
이름은 '백성을 가르치는 바른 소리'란 뜻의 훈민정음이고, 한글이란 이름은 먼 훗날 1910
년대에 국어학자 주시경이 붙인 것이다. 여기서는 설명을 쉽게 하기 위해 한글과 훈민정음
이란 이름을 같이 쓰겠다)을 창제한 까닭을 짧은 글 속에 명백히 밝히고 있다.
이 글에 나타난 대로라면, 백성들을 무척 사랑한 어진 임금 세종이 무식

한 백성들을 불쌍하고 안타깝게 여겨서, 한글을 창제했다고 하겠다.

사실상 세종은 매우 영민한 군주여서 그의 통치 기간 중 문화와 과학 기술이 놀랄 만큼 발달할 수 있었다. 세종은 집현전에 우수한 학자들을 모아놓고 날마다 함께 학문을 토론하며, 여러 가지 책을 펴냈다. 정초 등에게는 천문을 연구하게 하고, 장영실과 이천에게는 시계를 만들게 했으며, 박연에게는 음악을 정리하게 하여 큰 성과를 거두기도 했다. 이 가운데 측우기의 발명은 서양보다 200년이나 앞선 것이었다.

세종은 천성이 부지런하고 학문을 좋아했으며, 또 취미와 재능이 여러 방면에 걸쳐 뛰어났다. 아마 우리나라 역사상 가장 책을 가까이 하고, 즐겨 본 왕일 것이다. 눈병에 걸려서 청주 초정으로 요양을 가면서도 책을 손에서 놓지 않았다고 하니 향학열이 대단했음을 알 수 있다. 이처럼 공부하기를 좋아했기 때문에 집현전의 어느 학자 못지않은 학문적 실력을 갖추고 있었다.

또 세종은 당시의 절대 군주치고는 상당히 개혁적인 생각을 갖고 있었으며, 의지가 굳어서 자기가 옳다고 생각하는 일은 어떤 반대가 있더라도 기어코 실행하고야 말았다. 잘 알려진 대로 훈민정음을 창제할 당시에 최만리를 비롯한 완고한 유학자들의 반대를 이겨낼 수 있었던 것은 그의 확고한 신념 때문이었다.

일반적으로 우리는 이처럼 뛰어났던 왕인 세종이 백성들을 불쌍히 여기고 사랑했기 때문에 한글을 만들었다고 알고 있다. 그러나 우리는 이제 좀더 다른 시각으로 역사를 볼 필요가 있다.

훈민정음 창제는 우리 문화사에서 가장 큰 사건이며 가장 뛰어난 업적이다. 세종이 절대 권력을 지닌 왕이었고, 또 매우 영민했다 하더라도, 세종 한 사람이 가진 백성에 대한 자애심에 의해 한글이 창제되었다고 보는 것은 타당한 역사적 해석이라고 볼 수 없다. 역사 속에서 어떤 개인의 힘을 지나치게 과대평가하는 것은 영웅주의 역사관에 빠져들기 쉽다. 한글 창제라는 역사적 사건도 마찬가지이다. 세종이 한글을 만드는 데 결정적인 기여를 한 것은 사실이지만 오로지 백성을 사랑하는 마음에서 한글을 창제했다고 보는 것은 올바른 역사관이 아니다. 그러면 세종으로 하여금 한글을 만들지 않을 수 없도록 한 진짜 이유는 무엇일까?

조선조 초기는 민중들이 급격하게 자의식에 눈을 뜬 시기였다. 민중들의 자의식이 급격하게 높아진 계기는 멀리 고려 중기의 무신란까지 거슬러 올라가서 찾을 수 있다. 12세기 후반기에 일어난 무신들의 정변은 고려 사회의 귀족 지배 질서를 하루아침에 무너뜨렸다. 이어서 이른바 '천민의 난'이라 부르는 사건들이 잇달아 터졌다.

"어찌 왕후장상(王侯將相: 왕과 제후와 장수와 재상)의 씨가 따로 있으리오?"

천민의 난을 앞에서 이끈 사람들은 이렇게 외치고 다녔다. 그것은 역사의 그늘에 서서 한낱 들풀처럼 숨죽이며 살아야 했던 천민층과 농민층의 강렬한 사회참여 욕구였고, 거센 정치개혁의 의지였다.

높아져가던 민중들의 자의식은 무신 정권의 독재와 탄압으로 한때 기세가 꺾이는 듯했으나, 이민족인 몽골의 침입에 맞서 싸우면서 다시 더욱 높아져갔다. 온 국토를 휩쓴 몽골군의 횡포에 맞서 싸운 것은 본토에 남아 있던 일부 하급 장수들과 농민군뿐이었다. 왕을 비롯해서 강화도로 피난 간 지배 권력자들은 안일과 타락에 빠져, 거기서도 권력 다툼이나 벌이다가 결국 몽골에 항복해버리고 말았다. 몽골에 항복한 허수아비 왕족들은 몽골인과 피를 섞으면서 풍속마저도 철저하게 그들을 따랐다. 게다가 썩어 빠진 귀족들은 몽골의 실력자들과 손을 잡아서 고려 왕의 힘을 약화시키고 농토를 독차지하여 농민들을 더욱 가난하고 고통스럽게 만들었다.

왕과 귀족들이 몽골에 대항해서 싸우다가 결국 항복하고 복종하는 모습은 민중들에게 실망과 분노를 안겨주기에 충분한 것이었다. 왕과 귀족들이 얼마나 썩어 빠지고 힘없는 자들인지 잘 알게 된 민중들은 더 이상 그들을 믿지도 떠받들지도 않게 되었다. 왕과 귀족들의 절대 권위가 땅에 떨어지면서 민중들의 자의식이 급격히 높아진 것이었다.

고려의 왕권은 허울뿐인 것으로 더 이상 지탱할 수 없게 되었고, 드디어 조선왕조로 바뀌었다. 조선 초기 이씨 왕권의 당면 과제는 고려 말에 무너져버린 지배 질서를 다시 새롭게 세우는 것이었다. 이미 정치적으로, 사회적으로 의식 수준이 한 단계 높아진 민중들을 효과적으로 다스리는 방법을 찾아야만 했다.

그들에게 가장 급한 문제는 백성들에게 널리 퍼져 있는 불교적 생활 양식을 없애고, 나라에 대한 충성과 가부장적 권위를 강조하는 유교적 생활 규범을 퍼뜨리는 일이었다. 그러기 위해서는 민중들이 쉽게 배울 수 있는 글을 만들고, 그 글로 여러 가지 유교 규범을 담은 책을 펴낼 필요성이 있었다.

또 나라에서 내려보내는 여러 정책을 일반 백성들이 쉽게 알 수 있도록 해야 했다. 그 동안 중앙 정부에서 내려보내는 모든 문서가 한문으로 쓰여 있어서, 한문을 모르는 일반 백성들은 중간에서 관리가 설명을 해주어야만 그 내용을 알 수 있었다. 그러나 새로 들어선 조선조의 지배 세력들은 이미 자의식이 높아진 민중들을 직접 상대하여 새로운 지배 이념과 제도를 제대로 심어주어야 할 필요성을 느꼈고, 그러기 위해서는 나라의 공문

서를 쉬운 글로 써야만 했다.

이런 여러 가지 까닭으로 그들은 한글을 창제하지 않을 수 없었던 것이다. 한글을 창제하여 처음 만들어낸 책이 조선왕조의 건국을 합리화하고 미화한 『용비어천가』였다는 사실에서도 한글 창제의 이런 숨겨진 의도를 엿볼 수 있다.

우리 역사상 가장 빛나는 업적인 훈민정음 창제는 결국 조선조 초기에 자의식이 급격히 높아진 민중들이 쉽게 쓸 수 있는 글자를 만들어내지 않을 수 없었던 시대적 상황에서 생겨난 것이었다. 그것은 새 왕조의 새로운 지배 질서를 널리 퍼뜨려야 할 지배층의 필요성과 자의식이 높아진 민중들의 자기 표현 욕구가 맞아떨어진데다가, 때마침 세종이라는 영민한 군주가 있었기에 이루어진 역사적 필연이었다.

창살을 보고 한글 글자를 만들었다고

한글 글자 창제의 원리와 과학적 독창성

조선의 집들은 창문의 모양이 독특하다. 그 모양이 전국적으로 모두 같다. 새 글자를 만들어내기 위해 백방으로 연구하고 있던 세종이, 보필하는 신하들과 함께 방 안에 앉아 있다가, 문득 창문의 창살에 눈길이 갔다. 수직선과 수평선이 교차한 창문 문살의 모습에서 새 글자 창제의 묘안이 떠올랐다. 그리하여 창살의 모습에서 훈민정음 28자를 단번에 지어냈던 것이다.

한글 글자의 모든 형상을 창살에서 찾아볼 수 있다. 혹시 동그라미(ㅇ)가 없다고 말할지 모르지만, 문고리에서 그 모양을 찾을 수 있으니 별로 문제될 게 없다.

이 글은 1920년대에 엑카르트라는 서양 사람이 우리 글자의 기원에 대해 쓴 글이다. 제법 기발한 관찰을 바탕으로 한 재미있는 이야기지만 사실은 어처구니없는 속설에 지나지 않는다.

1940년 경상북도 안동에서 한글 창제의 원리를 자세히 밝혀놓은 훈민정음 원본이 발견되기 전까지는 우리 글자의 기원에 대해서 온갖 억측이 난무했다. 그 중에는 원래 우리나라에 옛날부터 전해 내려오는 고유한 글자가 있었다는 허황된 설로부터, 앞에 나온 창살 모방설이라든지, 심지어 세종이 뒷간에서 용변을 보다가 착상해서 만들었다는 웃지 못할 이야기까지 있다.

열 가지가 넘는 이런 주장 가운데 제법 그럴듯하고, 또 옛날부터 전해져온 책에 쓰여 있기도 해서, 무조건 무시할 수만은 없는 것으로 다음과 같은 주장을 들 수 있다.

첫째, 중국의 옛날 글자체인 전자(篆字)를 본떴다는 설.

둘째, 인도의 옛 문자인 범어(梵語) 문자를 본떴다는 설.

셋째, 몽골의 파스파 문자를 본떴다는 설.

그러면 이 세 가지 주장에 대해서 간단히 살펴보고 진짜 창제 원리를 알아보도록 하자.

먼저 중국의 고전(古篆)을 본떴다는 설부터 살펴보자. 중국의 옛날 글씨체의 하나인 전자는 요즘도 도장 같은 데 쓰이고 있다. 이 글씨체는 네모지고 모서리가 반듯한 모양이 우리의 한글과 많이 닮았다. 또 훈민정음의 정인지가 쓴 글에서 "(훈민정음) 글자는 고전을 본떴다."는 기록을 찾아볼 수 있기도 해서, 이 글자와의 관계를 전혀 무시할 수는 없다.

그러나 이런 주장을 펴는 사람들이 제시하는 주된 근거는 글자 몇 개의 유사성에 지나지 않는다. 가령 예를 들자면, 'ㅅ'이 'ㅅ'자와, 'ㄹ'이 'ㄹ'자와, 'ㅁ'이 'ㅁ'자와 글자 모양이 같다는 것 따위이다. 그러나 이런 부분적인 비슷함은 글자를 어떻게 만들었어도 생겨날 수 있는 것이다.

예를 들면 국어의 'ㅇ'이 영어의 'O'와 글자 모양이 비슷하다고 해서 모방했다고 할 수 없는 것과 같은 이치이다. 정인지가 본떴다고 말한 것은 고전 글자의 네모나고 각진 모양을 참고로 했다는 뜻일 뿐이다.

다음에는 범어 문자를 본떴다는 설을 살펴보자. 인도의 고대 경전을 적은 말을 범어(梵語:산스크리트어)라고 하고, 거기에 쓴 문자를 범자(梵字:데바나가리)라고 한다. 여기에서도 한글 글자와 범자 사이에 부분적 유사성을 찾아볼 수 있다.

훈민정음	리	러	라	ㅋ	ㅆ시	셔싁	ㅏ	ㅣ	ㅜ	ㅗ
범 자	弎	〈	ㄹ	ㅌ	ㅅㅓ	乼	ㅜㅏ	丮	ㅗ	

그러나 이것도 결국 모방했다는 사실을 어떤 체계적 원리에 의해 입증해내지 못하고, 몇 개의 유사한 글자를 억지로 짝 맞추어 한글 창제의 독창성을 부정하는 궁색한 논리에 지나지 않는다.

마지막으로 파스파 문자를 본떴다는 설을 살펴보자. 이것도 앞의 두 경우와 다름없이 궁색한 논리이긴 마찬가지이다. 파스파 문자는 중국 원나라 세조 때 티벳의 라마승으로 임금의 스승이 된 파스파가 왕명에 의해 만들었다는 몽골의 글자이다. 파스파 문자에서도 한글 글자와 유사하게 보이는 몇 개의 글자를 발견할 수 있다. 그러나 이 주장도 위에 든 고전이나 범자 모방설과 마찬가지로, 부분적으로 비슷한 몇 개를 가지고 한글 글자의 독창적 체계를 모두 부정하는 궁색한 논리이므로 더 자세히 설명하지 않겠다.

1940년에 거의 오백 년 동안 잠자고 있던 훈민정음 원본이 안동에서 발견되자, 비로소 우리 글자를 만든 원리가 뚜렷이 밝혀졌다. 이 책에는 28자를 만든 방법이 모두 설명되어 있다. 이 책에 의해 한글 자음은 발음 기관의 모습을 본뜬 것이며, 모음은 삼재(三才)인 하늘, 땅, 사람을 각각 본뜬 것이라는 사실이 밝혀졌다. 모음은 삼재를 본뜬 'ㆍ', 'ㅡ', 'ㅣ'를 먼저 만든 뒤, 이것들을 서로 결합해서 여러 글자를 만들었으므로 제작 원리가 비교적 간단하다. 자음 글자를 만든 원리를 그림을 곁들여 살펴보도록 하자.

자음은 그 나는 자리에 따라 어금닛소리(아음), 혓소리(설음), 입술소리(순음), 잇소리(치음), 목소리(후음)의 다섯으로 크게 나뉜다.

첫째, 어금닛소리는 〔ㄱ, ㅋ, ㆁ〕인데, 그 중에서 〔ㄱ〕 소리 글자를 먼저 만들었다. 〔ㄱ〕 소리는 뒤혓바닥을 여린 입천장에 올려붙이고 거기를 막아 내는 소리인데, 이때의 혀 모양을 형상화한 것이 바로 'ㄱ'이다.

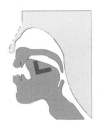

〔ㄱ〕을 낼 때의 혀 모양   〔ㄴ〕을 낼 때의 혀 모양

둘째, 혓소리는 〔ㄴ, ㄷ, ㅌ〕인데, 그 중에서 'ㄴ'을 먼저 만들었다. 〔ㄴ〕 소리는 혀끝을 윗잇몸에 붙여서 내는 소리이다.

셋째, 입술소리는 〔ㅁ, ㅂ, ㅍ〕인데, 그 중에서 'ㅁ'을 먼저 만들었다.

〔ㅁ〕을 낼 때는 입술을 다물게 되므로, 입의 모양을 본떠서 'ㅁ'자를 만들었다.

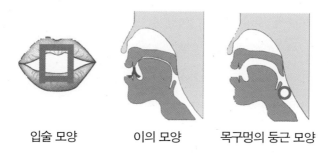

입술 모양   이의 모양   목구멍의 둥근 모양

넷째, 잇소리는 〔ㅅ, ㅈ, ㅊ〕인데 그 중에서 'ㅅ'을 먼저 만들었다. 〔ㅅ〕 소리는 혀끝을 윗니 뒤쪽에 가까이 접근시켜 거기에서 마찰음을 내는 것이므로 이의 모습을 본떠 만들었다.

다섯째, 목소리는 〔ㅇ, ㆆ, ㅎ〕인데, 그 중에서 〔ㅇ〕을 먼저 만들었다. 〔ㅇ〕은 소리 없는 글자이나, 훈민정음을 만든 사람들은 이것도 어떤 소리가 있다고 여겨 〔ㆆ, ㅎ〕과 같이 목에서 나는 소리로 생각했다. 그리하여 목구멍의 둥근 모양을 본떠서 'ㅇ'을 만들어낸 것이다.

훈민정음 창제자들은 이상의 기본 글자 다섯을 만들어서 이 글자들에 획을 하나씩 더하는 방법을 써서 자음 17자를 모두 만들어 냈다.

ㄱ → ㅋ
ㄴ → ㄷ → ㅌ (ㄷ → ㄹ)
ㅁ → ㅂ → ㅍ
ㅅ → ㅈ → ㅊ (ㅅ → ㅿ)

ㅇ → ㆆ → ㅎ (ㅇ → ㆁ)

한 가지 여기서 지적해두고 싶은 것은 세종을 비롯한 한글 창제자들은
그때까지 접할 수 있었던 모든 문자들을 연구했을 것이며 한글을 만들 때
그것들을 참고했을 가능성은 충분히 있지만, 어떤 문자를 특별히 흉내내
지는 않았다는 사실이다. 과학적인 관찰과 연구를 바탕으로 창제한 한글
의 독창성은 아무리 감탄해도 지나치지 않을 만큼 참으로 뛰어난 것이다.

왜 '기윽, 디음, 시웃'이 아니고
'기역, 디귿, 시옷'일까

한글 자모의 이름

참 이상한 일이다. 훈민정음의 어디를 찾아보아도 'ㄱ, ㄴ, ㄷ' 따위 낱글자의 이름이 나오지 않는다. 새 글자 창제의 동기에서부터, 만든 원리며, 쓰임의 예까지 자세하게 모든 것을 밝혀놓고 있지만, 낱글자들의 이름은 어디에도 나와 있지 않다.

그렇다면 세종을 비롯하여 훈민정음을 만든 집현전 학사 모두가 심한 건망증에 걸렸던 것일까? 사람들이 아이를 얻으면 가장 먼저 하는 일이 이름을 짓는 일이다. 거의 반만년 만에 처음으로 우리 글자를 만들어내는 역사적인 큰일을 해놓고, 힘겹게 태어난 그 글자에 이름 지어주는 것을 잊어버렸단 말인가.

이것은 커다란 수수께끼이나, 훈민정음을 자세히 살펴보면 꼭 그렇지는 않은 것 같다.

① ㄱ는 엄쏘리니 (……) ㄷ는 혀쏘리니 (……) ㅂ는 입시울쏘리니

② ·는 (……) ㅣ는 (……) ㅏ는 (……) ㅡ는 (……) ㅓ는 (……)

여기서 ②의 모음은 자기 소리값대로의 이름을 가졌던 것 같으니 문제
될 것이 없고, 홀로는 발음할 수 없고 모음과 어울려야 발음할 수 있는 ①
의 자음이 문제가 된다. 앞의 훈민정음에 나오는 설명을 잘 살펴보면, 자
음의 이름은 받침이 없이 모음으로 끝난 것이었음을 알 수 있다. 만약 끝
에 받침이 있는 이름이었다면 'ㄱ은'이나 'ㄴ은' 따위로 표기되었을 텐데,
'ㄱ는'으로 표기되고 있기 때문이다. 또 자음의 이름은 모음 '·, ㅣ, ㅡ,

ㅏ, ㅛ, ㅑ'가운데 하나로 끝났음도 알 수 있다. 음성 모음 'ㅡ, ㅜ, ㅓ, ㅠ, ㅕ'로 끝나는 이름이었다면 'ㄱ는, ㄷ는'과 같이 표기되어야 했기 때문이다.

이런 관찰과 옛 문헌을 바탕으로 국어학자들은 'ㄱ, ㄴ, ㄷ'의 태어날 때 이름이 '기, 니, 디'였을 것으로 추정하고 있다.

그러나 이런 이름은 서로 혼동될 우려가 커서 불안정한 것이었다. 즉 '이'와 '히' 및 '이', 그리고 모음의 'ㅣ'는 서로 이름이 비슷해서 분명히 구분하기가 힘들었을 것이다. 아버지가 자식들의 이름을 서로 비슷하게 지어주어서 혼동이 되기 쉽다면, 그건 좋은 이름이 못 된다.

그래서 훈민정음이 태어난 지 100살이 채 안 된 1527년에 최세진이 지은 『훈몽자회(訓蒙字會)』에서 우리는 자음의 달라진 이름을 볼 수 있다.

③ ㄱ — 其役(기역) ㄴ — 尼隱(니은) ㄷ — 池末(디귿)

　ㄹ — 梨乙(리을) ㅁ — 未音(미음) ㅂ — 非邑(비읍)

　ㅅ — 時衣(시옷) ㆁ — 異凝(이응)

④ ㅋ — 箕(키) ㅌ — 治(티) ㅍ — 皮(피) ㅈ — 之(지)

　ㅊ — 齒(치) ㅿ — 而(ᅀᅵ) ㅇ — 伊(이) ㅎ — 屎(히)

　(한자 위에 점을 찍은 것은 음이 아닌 뜻으로 읽으라는 표시임)

여기서 ④의 자음 이름은 훈민정음에서와 같다. 그러나 ③의 자음 이름은 훈민정음과 다르다. 이것은 아마도 자음 낱글자가 초성(첫소리)과 종성(끝소리, 즉 받침소리)에서 어떻게 발음되는가를 보여주던 용례가 그대로 이름으로 굳어진 것인 듯하다.

③의 자음 이름을 자세히 살펴보면, 모두 규칙적으로 이름이 붙어 있으나, 다만 'ㄱ, ㄷ, ㅅ' 셋은 불규칙적인 것을 알 수 있다. 왜 '기윽, 디읃, 시읏'과 같은 규칙적인 이름이 붙어 있지 않고 '기역, 디귿, 시옷'이란 불규칙적인 이름이 붙어 있을까? 그 이유는 간단하다. 『훈몽자회』는 모든 글자 이름을 한자로 표기하고 있다. 그런데 '윽, 읃, 읏'과 같은 음을 지닌 한자가 없다.

그래서 'ㄱ'의 경우에는 '윽'과 음이 비슷한 '役(역)'을, 'ㄷ'의 경우에는 '末(끝 말, 그 당시는 귿 말)' 자의 뜻인 '귿'을, 'ㅅ'의 경우에는 '衣(옷 의)' 자의 뜻인 '옷'을 썼던 것이다.

아무튼 최세진의 『훈몽자회』는 우리글 자모의 명칭과 순서를 현재 우리가 쓰고 있는 것과 비슷하게 만들어놓았다는 공적이 있다.

1933년 조선어학회는 한글 맞춤법 통일안을 제정하면서 한글 자모의 명칭을 확정하였다. 이때 자음의 이름을 '기윽, 디읃, 시읏'으로 고쳐서 규칙적으로 하자는 제안도 많았으나 오랫동안 써왔던 관습을 중요시하여 결국 '기역, 디귿, 시옷'으로 정하였고, 이것이 오늘날까지 그대로 쓰이고 있다.

* 오늘날 'ㅋ'과 'ㅌ'의 바른 이름은 '키역', '티귿'이 아니라, '키읔', '티읕'임을 주의할 것.

'동백꽃 아가씨'와 '춘희'와 '라 트라비아타'

뒤틀리고 짓눌린 우리말

꽃의 서울이라고 일컬어지는 화려한 파리. 아름다운 최신 유행복 차림의 여인과 멋쟁이들만 모여드는 샹젤리제. 천한 창녀이기 때문에 여기엔 발조차 들여놓을 수 없어야 하련만, 후작 부인처럼 대우를 받고 있는 고상한 기품의 여인, 마르그리트 고티에. 이 여인은 모든 사람들의 주목의 대상이었다. 마르그리트는 많은 꽃 가운데 유독 동백꽃만을 사랑해서 항상 그것을 지니고 다녔기 때문에 '동백꽃 부인'이라고 불렸다.

지방 명문가 출신의 건실하고 순진한 청년 아르망 뒤발은 파리 유학 중, 우연한 기회에 마르그리트를 알게 되고, 마침내 사랑에 빠지게 된다. 그러나 마르그리트의 신분이 창녀라는 것을 안 아르망의 아버지는 그녀를 찾아가 아들과 헤어지라고 강요한다. 마르그리트로서는 그야말로 날벼락이었으나 사랑하는 아르망을 위하여 자기를 희생하고 헤어지기로 약속한다.

아르망은 마르그리트가 갑자기 자기를 냉정히 대하고, 다른 남자들과 놀아나는 것을 보자, 애인이 변심했다고 여기고 분노와 슬픔의 나날을 보낸다. 끝내는 자기 감정을 주체하지 못하고 마르그리트에게 악담을 퍼부은 뒤 자기 고향으로 돌아가버린다.

아르망은 얼마 뒤에야 비로소 마르그리트의 본심을 깨닫게 되지만, 그때는 이미 폐병에 걸린 사랑하는 여인이 자기 이름을 애타게 부르다가 쓸쓸히 숨진 뒤였다.

프랑스의 사실주의 작가 알렉상드르 뒤마가 1848년에 지은 비극적 장편 연애소설 『동백꽃 부인』의 줄거리이다. 아름답고도 슬픈 사랑을 그린 이 소설은 파리의 고급 창녀로서 뛰어난 미인이었던 마리 뒤프레시를 모델로 한 것이라 한다. 이 소설은 1853년에 각색되어 연극으로도 상연되어 성공을 거두었다. 그런 뒤 곧 베르디 작곡의 '라 트라비아타'라는 작품으로 오페라화하여 세계적인 명성을 얻게 되었다. 베르디의 오페라에서는 창부의 이름이 비올레타로, 청년의 이름이 알프레드로 각색되어 있으나, 기본 줄거리는 원작과 큰 차이가 없다.

우리나라에서는 흔히 뒤마의 소설이나 베르디의 오페라 작품을 모두 '춘희(椿姬)'라고 번역해 부른다. 그렇다면 춘희란 무슨 뜻일까? 국어사전을 아무리 뒤져봐야 이 단어는 나오지 않는다. 이 단어가 실려 있는 국어사전이 있다면, 그 국어사전은 오히려 제대로 된 우리말 사전이 아니다. 이 말은 원래 우리나라에서 쓰던 단어가 아니므로 사전에 올라 있지 않은 게 당연하다.

'椿(춘)'은 '동백꽃, 동백나무'란 뜻이고 '姬(희)'는 '여인, 계집'이란 뜻의 한자이다. 따라서 춘희를 우리말로 바꿔 쓰면, '동백꽃 여인', '동백 아가씨' 정도가 된다. 뒤마의 소설 작품의 원래 제목 '*La Dame aux Camélias*'를 우리말로 정확히 번역하면 '동백꽃을 단 부인', '동백꽃을 지닌 부인' 따위가 된다. 또 베르디의 오페라 '라 트라비아타(*La Traviata*)'는 '타락한 여인'이 정확한 번역이다. 그런데 소설 속의 여자 주인공 마르그리트가 동백꽃을 사랑하여 그것을 항상 지니고 다녔기 때문에, 한자 쓰기를 즐기는 일본인들은 뒤마의 소설, 그리고 베르디의 오페라를 모두 '춘희(椿姬)'라 번역했던 것이다.

우리나라에 뒤마의 소설과 베르디의 오페라가 소개될 때, 일본인들이 '椿姬'라고 번역한 제목도 덩달아 들어와 쓰이게 되었다. 이렇게 해서 국어에는 존재하지도 않고, 우리에게는 생소하기만 한 '춘희'라는 말이 널리 쓰이게 된 것이다. 요즘에는 '동백꽃 아가씨'라고 번역하는 경우도 간

오페라 '라 트라비아타'는 한국에서 '춘희'로 잘못 번역되어 알려졌다. 사진은 1968년 김자경오페라단의 '춘희' 공연 모습이다.

혹 보이나, 대개는 여전히 '춘희'라고 하고 있다. 게다가 '동백꽃 부인'이 정확한 번역이지, '동백꽃 아가씨'란 잘못된 번역에 지나지 않는다.

갑오경장 이후 한꺼번에 밀물처럼 쏟아져 들어온 서양 문물과 함께 새로운 말들이 많이 생겨났다. 우리에게는 없었던 사물이나 제도, 사상, 문화, 예술 등에 관한 어휘가 홍수처럼 한꺼번에 쏟아져 들어올 때, 우선 손쉽게 생각할 수 있는 방법이 그것들을 한자어로 번역하는 것이었다. 그것은 한자와 친숙하던 그 시대 사람들의 어쩔 수 없는 한계이기도 했다. 그런데 그 중에서도 정말 한심스러운 일은, 우리들에겐 낯설고 어색하기만 한, 일본인들이 사용하는 한자어를 그대로 들여와서 쓴 것이었다.

이런 대표적인 예로 '낭만이 가득한 젊은이들', '낭만이 넘치는 대학가' 따위로 오늘날 흔히, 또 자연스레 쓰이고 있는 '낭만'을 들 수 있다. 낭만(浪漫)이란 말은 실상 아무런 뜻도 지니지 못한 말이다. 한자로 해석해봐도 그 뜻을 알 수 없다.

18세기 말에서 19세기 전반에 걸쳐 유럽에서 일어난 예술상의 한 경향에 로맨티시즘(romanticism)이란 것이 있다. 이것은 까다로운 고전주의 전통에 반대하여 자유, 개성, 공상, 모험, 자연의 감정 따위를 소중하게 여기는 예술 경향이다. 한자 쓰기를 좋아하는 일본인들이 이 로맨티시즘을 '浪漫主義'로 옮겨 적었다. '浪漫'을 일본의 한자음으로 읽으면 '로망'이 된다. 그러니까 '낭만(浪漫)'은 서양말 '로망(roman)'을 그저 소리대로 적은 일본인들의 표기에 불과하다. 그런데 이것을 우리나라 사람들이 그대로 받아들였다. '浪漫'을 우리의 한자음으로 읽으면 '낭만'이 되니까, 결국 원래 말인 '로망'과는 영 동떨어진 이상한 말이 생겨나고 만 것이다.

이래서 처음 들어서는 그 뜻을 제대로 짐작조차 할 수 없는 '낭만', '낭만주의', '낭만적'이란 말들이 널리 쓰이게 되었고, 나아가서는 버젓이 국어사전에 올라 우리말 행세를 하게 되었다.

위에 든 '춘희'나 '낭만'이란 단어말고도 엄청나게 많은 일본식 한자어 찌꺼기가 우리말 속에 끼여 들어와서 쓰이고 있다. 게다가 그런 말들이 버젓이 국어사전에 올라 있어서, 우리말 행세를 하며 한 자리를 차지하고 있다. 일본인들만이 고유하게 만들어 쓰는 한자어는 우리에겐 한갓 외국어에 지나지 않는다. 그것도 모르고 그런 말을 들여다가 널리 쓰면서, 마침내는 국어사전에까지 올리게 되었으니 한심한 노릇이다. 일본 사람들이 쓰는 말들을 그대로 옮겨 와서 우리말에 사용하고 있는 사람들은 자신의 얼이 어디에 가 살고 있는가 깊이 뉘우치고 부끄럽게 여겨야 한다.

오랜 세월 한자와 한자어에 짓눌려 왔고, 요즘은 서양말에 치이면서 온갖 시련을 겪고 있는 국어를 더욱 깨끗이 다듬고, 알차게 가꿔가는 노력을 우리는 게을리하지 말아야겠다. 특히 우리말을 뒤틀리게 만드는 일본말 찌꺼기를 걸러내는 일은 민족의 얼을 깨끗이 하고 바로잡는 일이기도 하다.

전구와 불알

남과 북의 언어

한 남자가 미국으로 유학을 떠났다. 짧은 영어 실력으로 미국에서 공부를 하자니 여간 힘든 게 아니었지만, 미국인들보다 두 배로 노력을 기울이면서 겨우겨우 따라갈 수 있었다. 그와 같이 공부하는 학생 중에 그 남자를 좋아하는 미국 여학생이 있었다. 그 여자는 은근슬쩍 웃음을 던지기도 하고 부드러운 말도 건넸지만, 그 남자는 한국에 두고 온 애인이 있었기 때문에 마음이 조금도 움직이지 않았다.

어느 날 그 여자가 물었다(물론 영어로).

"한국말로 '당신을 사랑합니다'는 어떻게 말합니까?"

남자는 귀찮아서 아무렇게나 대답했다.

"웃기네."

몇 달이 지나 도저히 공부하기가 힘들어진 남자는 다시 한국으로 돌아오게 되었다. 이 남자를 좋아하던 여자는 공항까지 따라 나와 남자에게

4. 언어와 인간 **253**

말했다. 뺨에는 두 줄기 눈물이 흘러내리고…….

"웃기네! 웃기네!"

언어는 흔히 그 '언어를 사용하는 사회의 약속'이라고 말한다. 언어의 이러한 성격을 가리켜 언어의 사회성이라고 한다. '웃기네'라는 말은 우리 나라에서는 우스꽝스러운 행동을 하거나 이상한 행동을 할 때 같잖게 여겨 비꼬아 하는 말이다. 그것이 우리의 약속이다. 여자가 '나는 당신을 사랑합니다.'라는 뜻으로 '웃기네'라고 말했지만, 그것은 남자가 알고 있는 우리말의 약속에 어긋난 것이기에 전혀 의사소통이 될 수 없었다. 물론 여자가 일부러 그런 것은 아니지만.

그런데 언어가 사회의 약속이라고 해서 한날 한시에 "자, 이제부터 저건 '하늘'이라고 합시다. 저건 '산'이라고 합시다."라고 한 것은 아니다. 오랜 세월 함께 살면서 자연스레 만들어지고 이어져온 것이며, 그렇기 때문에 언어 속에는 그 언어를 사용하는 구성원들의 삶의 방식(문화)과 전통이 담겨 있다.

여기서 우리는 한 가지 중요한 사실을 알게 된다. 같은 언어를 쓰고 있는 사람들끼리는 서로 뜻과 감정이 쉽게 통할 수 있으리라는 것이다. 물론 오랜 시간 훈련을 해서 다른 나라의 말을 쓸 수도 있겠지만 그것은 2차적인 것이요, 또 원래 태어난 곳에서 쓰던 말과는 느낌이 다를 것이다. 국어학자 이희승의 말처럼 '언어는 한 민족을 이어주는 거멀못'이다.

같은 언어를 쓰고 있지만 남과 북으로 나뉘면서 남과 북의 말도 조금씩 차이가 생길 수밖에 없을 것이다. 남과 북의 사회 환경이 다르고 문화가 조금씩 달라졌으니 말도 마찬가지일 것이다. 그 차이는 대체 어떤 것이며, 극복할 수 있는 것일까?

남과 북이 서로 다르게 쓰는 낱말들을 보자.

남	북
아이스크림	얼음보숭이
한약	동약
도시락	곽밥
채소	남새
장점	우점
우물쭈물하다	바재이다
화장실	위생실

서로 다르게 쓰는 말들은 이 밖에도 많이 있다. 말의 습관이나 의미도
조금 달라졌다. 남에서는 '의식주'라고 하는데 북에서는 '식의주'라고 한
다든지, '극성스럽다'는 말이 남에서는 부정적으로 쓰이는데 북에서는 바

지런하게 일한다는 긍정적인 의미로 쓰인다. '계급투쟁', '선전 선동', '사회주의 혁명' 같은 말이 북에서는 아주 긍정적인 어휘로 쓰이는데, 우리 사회에서 이 말을 쓰면 간첩으로 오해받기 쉽다.

낱말뿐 아니라 맞춤법에도 다른 점이 있다. '여성'(남)과 '녀성'(북)처럼 첫소리 규칙이 다르다든지, '되었다'(남), '되였다'(북)처럼 어미가 다르다든지 하는 것이 다른 점이다.

이렇게 남과 북의 언어가 차이가 있다고 해서 우리말이 크게 달라졌거나 통일이 되었을 때 혼란이 올 거라는 식으로 생각해서는 안 된다. 어느 학교에 반공강연을 하기 위해 어떤 사람이 왔다. 그 사람은 북한과 우리의 다른 점을 사회·정치·문화 등 여러 가지로 얘기하다가 "북한에서는 전구를 불이 있는 알맹이라는 뜻으로 불알(하나하나 끊어서 발음함)이라고 한답니다."라고 말했다. 그러자 아이들이 '불알?' '불알.' '부랄!' 중얼거리며 웃음을 터뜨렸다.

이런 차이가 뭐 그리 큰일인가. 한바탕 웃으며 서로의 개념 차이를 이해하게 될 텐데. 더 큰 문제는 서로의 다른 점을 인정하지 않고 무조건 자기 중심으로 생각하여 우리와 다르면 다 이상하다는 식의 사고방식이다. 남과 북의 말에는 차이점보다는 공통점이 훨씬 많다. 차이점도 서로가 이야기하다보면 곧 통할 수 있는 정도이다. 남과 북의 사람들이 만나 얘기할 때 통역을 둬야 얘기할 수 있었던 적은 없다. 미국 여자처럼 '웃기네' 하면서 눈물 흘릴 일도 없다. 46년간의 분단보다 더 오랜 세월 동안 우리는 같은 말을 쓰며 살아왔고, 그 말 속에는 연면히 흐르는 우리 민족의 전통과 삶과 생각이 담겨 있다. 한날 한시에 약속된 것이 아니라 오랜 세월에 걸쳐 다져진 것이기에 짧은 세월 헤어져 살았다고 달라질 수는 없다.

이념과 체제를 뛰어넘는 한 핏줄의 역사가 남과 북의 말에 고스란히 남아 있다는 말이다. 이처럼 우리를 이어주는 거멀못이 있기에 철조망에 가로막혀 살아도 우리는 한 민족이다.

그는 왜 죽어갔는가

제2차 세계대전 중인 어느 날, 당시 나치스에 점령된 동유럽의 한 유태인 거리에서 생긴 일이다.

하루는 독일군이 마을 주민들을 광장에 모이게 했다. 사람들을 모이게 한 나치스의 장교가 대열 속에서 학교 교사 한 사람을 끌어냈다. 나치스의 장교는 그 교사가 유태교를 버리고 자기들의 뜻을 따라준다면 많은 유태인들이 그 뒤를 따를 것이라고 계산한 것이다. 장교는 정중하게 말했다.

"유태교를 버리시오. 그렇게만 하면 평생 잘 먹고 잘 살 수 있도록 해주겠소."

그러나 중년의 교사는 단호히 말했다.

"그럴 수는 없습니다!"

장교는 화가 났다.

"좋게 이야기할 때 너희 신을 저주해라. 그러면 네 가족과 너의 생명을 보장해주겠다."

"그건 절대로 안 됩니다."

"절대로 안 된다고? 너는 지금 무슨 짓을 저지르고 있는지 모르겠나? 네가 이대로 끝까지 버티면 결국 너는 이곳에서 처형되고 만다. 그래도 내 말을 듣지 않을 텐가?"

광장에 모여 이 모습을 바라보던 사람들은 마른침을 삼켰다. 차마 눈을 뜨고 바라볼 수 없어서 아예 눈을 감고 있는 사람들도 있었다. 장교가 다시 말했다.

"그래, 유태교의 신이 네 생명보다도 중요하단 말인가?"

"아무리 그래도 당신은 나의 신념을 바꿀 수 없습니다."

"이봐! 그만 고집을 버리라고. 너희 신을 버리겠다고 한 마디만 하면 되는 거야."

"못합니다!"

장교는 권총을 뽑아 그 교사를 쏘았다. 여기저기서 비명 소리가 들렸다. 총알은 교사의 어깨에 맞았다. 교사는 괴로운 신음을 토하면서 쓰러졌다. 그리고 이렇게 부르짖었다.

"아드시엠 후 할로킴, 아드시엠 후 할로킴……."

이 말은 '신은 어디까지나 신이요, 신만이 신이다.'라는 말이다.

나치스 장교는 흥분해서 소리쳤다.

"이 돼지 새끼, 더러운 유태놈! 너는 어째서 우리가 너희 신보다 강하다는 것을 모르는가? 네 생명은 신이 결정하는 것이 아니라 내가 결정하는 것이다. 네가 유태교를 버리겠다고 한마디만 하면 너를 병원으로 보내서 상처를 치료해주고 네 가족과 행복하게 살 수 있도록 해주겠다니까!"

그러나 교사는 끝까지 버티었다. 기가 막히다는 듯이 물끄러미 교사를 바라보고 서 있던 장교의 얼굴에 순간 공포의 빛이 스쳐갔다. 장교는 몸을 부르르 떨더니 권총을 들어서 교사의 아내를 향해 쏘기 시작했다. 한 방, 두 방, 세 방⋯⋯. 교사의 아내가 처참하게 쓰러졌다.

중년의 교사는 울부짖었다.

"그래도 안 된다! 절대로 안 된다!"

교사는 이렇게 죽어갔다. 그리고 이 이야기는 뒷줄에 서서 아버지의 모습을 지켜보았던 그의 아들이 나중에 전한 것이다. 그런데 더욱 충격적인 사실은 교사의 아들이 들려준 마지막 말이었다.

"아버지는 유태교의 신도, 그리고 어떤 신도 믿지 않는 무신론자였습니다. 다만 아버지는 신념 때문에 죽어간 것이지요."

교사는 유태교를 믿지 않았다. 그런데도 그는 죽음을 택했다. 왜일까? 독일 장교가 그에게 유태교의 신을 부정하라는 것은 곧 유태민족을 부정하라는 의미였기 때문이다. 그 순간 '나는 유태교인이 아니니 신을 부정해도 되겠지.'라고 생각하고 그렇게 했더라면 물론 그는 살았을 것이다. 그러나 그러지 않았다. 그렇게 함으로써 자기 민족을 침략한 자들에게 굴복하기 싫었기 때문이다.

이런 이야기가 먼 나라의 이야기인가? 아니 우리 역사에도 자기 신념을 지키며 죽어간 사람들이 많다. 가까이는 일제 시대 때 창씨개명을 거부하고 신사참배를 거부한 우리 조상들이 있었다. 우리말을 지키기 위해 온갖 고문을 당하고 감옥에서 고생하다가 죽어간 분들도 있었다.

'고개 한번 숙이면 될 것을 그렇게 매맞고 갇히고 죽어갔나? 사람의 생명이 중하지 이름 석 자가 중한가? 말을 지키는 게 뭐 그리 중요하다고 사전을 만들고 우리말을 쓰느라 죽기까지 하나?' 이렇게 생각하는 사람이 혹시 있을까?

국어학자이자 독립운동가인 최현배. 일제 시대에 우리말을 지키다 조선어학회 사건으로 옥고를 치렀다.

한 나라의 말 속에는 그 민족의 정신이 스며 있다. 별로 중요하지 않은 것 같은 행동 하나에 민족의 자존심과 한 개인의 신념이 있다.

일본말을 비롯한 갖가지 말들로 오염된 상처 투성이 우리말이지만, 그나마 살아 있음은 우리말 속에 우리말을 지키려고 피 흘린 분들의 숨결이 서려 있기 때문이다.

우리는 국어시간에 우리말, 우리글을 배운다. 이것은 곧 우리 민족을 배우는 것이고, 우리 민족정신을 배우는 것이기도 하다. 말과 글은 사람의 정신을 담는 도구이기 때문이다.

도움받은 책들

첫째 마당 | 소설과 삶의 진실

곽근 편, 최서해 전집 상하, 문학과 지성사.

교육출판기획실 엮음, 교과서와 친일문학, 동녘, 1988.

권영미, 염상섭 문학 연구, 민음사, 1987.

김시습, 금오신화.

김유정, 봄봄.

김종균 편저, 염상섭의 생애와 문학, 박영사, 1981.

김치수 편저, 염상섭, 지학사, 1985.

열녀 춘향 수절가(완판본), 이가원 주석, 춘향전, 정음사, 1975.

우리문학연구회 지음, 문학에세이, 아침, 1991.

이상택, 성현경 편, 한국고전서설 연구, 새문사, 1983.

이재선, 한국현대소설사, 홍성사, 1984.

이현주, 한 송이 이름없는 들꽃으로, 종로서적.

임종국, 친일문학의 민중사, 지리산, 1991.

조남현, 소설원론, 고려원, 1982.

조동일, 한국문학통사 3 ·4 ·5, 지식산업사, 1991.

최래옥, 감기 걸리면 왜 콧물이 나오나, 동흥문화, 1991.

최서해, 탈출기, 삼중당, 1976.

둘째 마당 | 운율과 서정

강만길, 분단시대의 역사인식, 창작과 비평사, 1991.

김수영, 김수영 전집 1 ·2 ·3, 민음사, 1981.

김승희, 제13인의 아해도 위독하오, 문학세계사, 1982.

김용직, 현대 경향시 해석 / 비판, 느티나무, 1991.

김윤식, 이상 연구, 문학사상사, 1987.

김윤식, 한국근대소설사 연구, 을유문화사, 1986.

김윤식, 한국문학사 논고, 법문사, 1973.

더불어 출판기획실 엮음, 불량제품들이 부르는 희망 노래, 동녘, 1989.

송재소, 다산시 연구, 국문학 연구회, 1977.

유몽인, 어우야담.

이규보, 백운소설(한국고전문학대계 10), 명문당, 1991.

이규호, 한국고전시학론, 새문사, 1985.

이기문, 역대시조선(삼성문화문고 21), 삼성미술문화재단, 1981.

전광용 외, 현대문학가 9인, 신구문화사, 1976.

정홍교 외, 조선문학 개관 1, 인동, 1988.

황패강 외, 향가, 여요 연구, 이우출판사, 1987.

셋째 마당 | 체험과 다양한 표현

김구용 풀어씀, 열국지, 민음사, 1990.

백기완, 자주고름 입에 물고 옥색치마 휘날리며, 시인사, 1985.

서정수, 생각하는 힘을 기르는 문장력 향상의 지름길, 한강문화사, 1991.

안춘근, 한국출판문화사 대요, 청림출판, 1987.

유민영, 한국 현대희곡사, 홍성사, 1982.

이인로, 파한집(한국고전문학대계 10), 명문당, 1991.

장산곶매, 닫힌 교문을 열며, 예건사, 1992.

정비석, 소설 손자병법, 고려원, 1984.

조영래, 전태일 평전, 돌베개, 1991.

넷째 마당 | 언어와 인간

강만길, 분단시대의 역사인식, 창작과 비평사, 1979.

강일석 편, 진솔한 삶을 위한 예화선집, 남성, 1990.

강헌규, 한국어 어원 연구사, 집문당, 1988.

김민수 외 3인, 국어와 민족문화, 집문당, 1984.

김방한, 한국어의 계통, 민음사, 1984.

김부식, 삼국사기.

김완진, 향가 해독법 연구, 서울대학교 출판부, 1982.

김진우, 언어, 그 이론과 응용, 탑출판사, 1985.

김하수, 남과 북의 맞춤법 차이, 우리교육 90년 8월호.

노대규 외 5인, 국어학 서설, 정음사, 1987.

박갑천, 어원 수필, 을유문화사, 1987.

양주동, 증정 고가 연구, 일조각, 1983.

유창돈, 어휘사 연구, 이우출판사, 1980.

이기문, 국어어휘사 연구, 동아출판사, 1991.

이기문, 국어표기법의 역사적 연구(한국연구총서 18), 한국연구원, 1963.

이기문, 한국어 형성사(삼성문화문고 160), 삼성미술문화재단, 1981.

이기문 외 6인, 한국어문의 제 문제, 일지사, 1983.

이익섭, 국어학 개설, 학연사, 1986.

최세진, 훈몽자회(영인본), 대제각, 1973.

최현배, 고친 한글갈, 정음문화사, 1982.

허   웅, 한글과 민족문화(교양국사 총서 1), 세종대왕 기념사업회, 1974.

홍기문, 정음발달사 상·하, 서울신문사 출판국, 1947.